모델가수 박태희의

인생이모작

인생 이모작

문학의식

책머리에

국제신문 「고영삼의 인생 이모작… 한 번 더 현역」 코너에서 인터뷰 요청을 해 왔을 때, 굴곡 많은 내 삶을 다시금 되돌아보는 시간을 갖게 되었다. 2022년부터 연재를 시작한 이 코너는 삶의 고난을 딛고 새로운 도약을 하고 있는 리틀 빅 히어로의 삶을 소개했다.

내 기사는 '회장·도의원·교수였던 남자, 이젠 독보적 모델 가수로– 전국구 모델 가수 박태희'라는 제목으로 신문에 실렸다. 짧은 지면에 어찌 그간의 삶의 단면이라도 옮길 수 있었겠냐만, 당시 내 기사를 보고 많은 지인들이 축하 메시지와 응원을 보내주어 큰 힘을 얻었다.

그러고 보니 2008년 첫 자서전 『밀양은 항상 나를 꿈꾸게 한다』를 출판하고 벌써 17년이 지났다.

그 사이 세상살이가 바뀌고 세대가 바뀌고 내 모습도 달라졌다. 한때 나는 건설회사 회장이었으며, 도의원이었고, 교수였다. 그런 사람이 지금 가수라니… 그것도 듣기에도 생소한 '모델가수'로 살아가고 있다니 모두들 호기심에 가득 차 내 기사를 읽고 연락을 해왔다.

가수 박태희라는 사람이 어떤 사람인지, 어떻게 인생을 이토록 파란만장하게 살아올 수 있었는지 묻는 수많은 질문들이, 나로 하여금 다시 펜을 들게 만들었다.

자서전으로 나를 드러내고 독자와 소통하는 것이 얼마나 큰 힘을 지녔는지, 첫 자서전으로 알게 되었다.

이제 나는 두 번째 자서전을 통해 못다 한 이야기, 달라진 내 모습을 보여주려고 한다. 인간 박태희의 눈물과 좌절, 끝없는 노력과 극복의 이야기를 허심탄회하게 펼쳐보이고 싶었다.

나의 인간적인 이야기가 누군가에게 희망의 메시지가 될 것이라는 믿음을 가지고, 내 삶의 이야기를 솔직하게 털어놓았다.

그럼으로써 내겐 또 한 번 치유와 성찰이 되고, 독자들에겐 공감과 삶의 힌트, 긍정적인 에너지가 되기를 소망하는 것이다.

2025년 9월

저자 박태희

박태희 2집 자전 수필집 발간에 부쳐

필자가 이 책의 저자 박태희 회장(가수)을 처음 만난 건 부산일보 현직 기자 시절이다. 10년은 넘었고 20년은 안 될 것 같다. 그에 대해 알 만큼 아는 사람이라는 얘기다.

그의 이름 석 자 앞에는 정치학 박사, 교육위원, 도의원, 공당의 시장 후보, 건설회사 회장, 한국스카우트 경남연맹장 등 수많은 수식어가 붙어 다닌다.

유력 공당의 시장 후보 공천장을 받았으나 상대 후보의 흑색선전에 직격탄을 맞아 근소한 차이로 낙선했을 때는 그야말로 천 길 낭떠러지로 추락했을 것으로 짐작된다. 불면증에다 우울증, 울화증에 밤은 밤대로 낮은 낮대로 견디기 어려운 좌절의 시간에 빠졌을 것이다. 이 책에는 그런 좌절과 실의, 고통과 고뇌, 성공과 실패, 도전과 절규 등 한 인간이 감당해 내는 수많은 애환의 무늬가 곡진하게 그려져 있다.

　그러나 그는 그런 실의와 고통에서 스스로를 일으켜 세웠다. 이 책이 독자 대중에게 공감과 감동을 주기에 충분한 바, 필자가 추천의 글을 적게 된 것이다. 그의 삶이 헛되지 않고 빛을 발하는 건 쓰러지지 않고 일어섰다는 것, 지칠 줄 모르고 도전한다는 것, 언제나 앞을 향해 나아가는 힘을 가지고 있다는 것, 바로 그것이다. 이는 희망과 긍정의 씨앗을 심고자 하는 삶의 철학이 없다면 어려운 일이다.

　그가 걸어온 삶은 이기가 아닌 이타적이다. 이타적 삶도 결국은 자신의 이익을 위해서라는 전문가의 견해도 없지 않으나, 궁극적으론 이웃을 사랑하고 삶을 긍정하는 바탕이 없다면 불가능하다고 보아야 할 것이다.

　시장 선거에서 낙선한 지 10년 만에 그는 가수로 데뷔했다. 사회에 봉사하는 길은 정치만이 아니라는 깨달음 때문이다. 자신이 좋아하는 것, 잘할 수 있는 것, 그 길을 찾은 것이다. 게다가 가수는 영원한 현역이 아닌가. 벌써 5집에 8개의 신곡을 발표했다. TV 방송국, 라디오,

축제, 노래방, 노래교실, 유튜브, 노래 경연대회, 해외 콘서트 등 곳곳에서 그의 노래가 울려 퍼지고 있다.

이렇게 전국적으로 왕성한 활동을 하고 있지만, 돈벌이가 목적이 아님은 물론이다. 다만 욕심이 있다면 실력으로 평가받고 싶은 것이다. 그는 말한다. 듣는 이들이 잠시라도 위로받고 작은 희망의 불씨 하나 손에 쥘 수 있게 한다면 그것으로 충분하다고.

그는 모델로도 진출했다. 대학에 가서 모델학을 공부하기도 하고, 현장에서 모델로 뛰며 박수를 받고 있다. 그는 허황후 모델경연대회에서 압도적인 성적으로 1위를 차지하는 기염을 토하기도 했다.

끊임없이 도전하는 사람, 언제나 현역인 사람, 자아를 세계화하는 사람, 인생 2모작을 어떻게 일궈야 하는 지를 보여주는 전범이라 해도 되겠다. 특히 50~60대, 그러니까 은퇴 전후 독자들이 일독한다면 특별하고 색다른 에너지와 영감을 얻을 것으로 확신한다.

그는 2008년 7월 『밀양은 항상 나를 꿈꾸게 한다』라는 자서전을 펴낸 바 있다. 제1집 자서전이 작가가 맨주먹으로 자수성가한 삶과 자신에 대한 변론으로 채우다 보니 주관적인 요소가 적지 않았다면, 이번 제2집 자서전은 한 권의 문학 작품으로 손색이 없을 만큼 승화되었다. 독자들은 한층 더 객관적인 성찰과 초월적인 성숙의 세계로 초대받을 수 있을 것이다. 그는 창의적인 가수로, 개성 있는 모델로, 그야말로 진짜 프로가 되기 위해 오늘도 무한한 도전의 세계에 열정을 불사르고 있다. 그가 걸어가는 길에 행운이 가득하길 빈다.

2025년 9월

백남경(전 부산일보 기자, 행정학 박사, 작가)

목차

책머리에　　5
추천사　　7

—— 1부 '부민 건재상'

밀양에서 태어난 개구쟁이 소년　　17
자연이 가르쳐준 교훈　　22
리어카 끌고 시멘트 나르며 쌓은 신용　　25
장사꾼에서 사업가로　　31
'애국'을 일깨워준 스승들　　35

—— 2부 인생의 계곡에서

벼랑 끝에서 나를 잡아준 사람　　45
공천과 낙선, 지나간 과거　　48
사라진 재도약의 꿈　　54
낙선이란 계곡에서　　59

—— 3부 새로운 꿈

도의원·정치학 박사 출신 '모델가수'　　65
「비래길」에 담긴 사모곡　　69
「비래길」과 남해　　73
가수로서 박태희?　　77
영광의 순간들　　81
'가수 박태희 노래 경연대회'　　86
모델가수 박태희, 런웨이에 서다　　90
고마운 은인, 김정기 후원회 회장　　94
잊을 수 없는 베를린 콘서트　　99

——4부 인생 이모작

인생 2모작이 더 소중한 까닭　　　　105
지도자의 덕목은 무엇인가　　　　110
자서전 출판의 기억　　　　114
중독성 있는 이타적 삶　　　　120
박태희에게 부(富)란?　　　　124
농민재해 위험 덜어주고파　　　　129
가수가 웬 방수기능사자격증을?　　　　133
인파를 몰고 다니는 박태희　　　　137
인연　　　　140
인기에 대한 나의 생각　　　　144
정치, 마음을 접고 보니　　　　148

——5부 밀양은 다시 나를 꿈꾸게 한다

적극 행정·변화를 요구받는 공무원　　　　153
교육위원 시절이 선물한 교육의 터전　　　　158
지방소멸, 어떻게 해야 하나　　　　162
떠오르는 귀농·귀촌 1번지 밀양　　　　167
'문화예술' 밀양의 감성으로 피어나다　　　　171
병신 춤, 문둥 춤 신명나는　　　　175
밀양 놀이판 이야기　　　　175
스포츠 메카 밀양　　　　179
밀양을 달리는 효자들　　　　183
케이크 속에 담긴 사랑과 눈물　　　　187
새천년 밀양교육발전 모임　　　　192
자치단체도 브랜드를 갖자　　　　195
'제1회 경남 청소년 K-pop 경연대회'를 마치며　　　　200
성공의 계단　　　　204
가수는 프로, 농사는 아마　　　　209
숭정처사 국담 박수춘 선생　　　　213
석양　　　　219

—— 6부 언론이 바라본 박태희

늦은 나이란 없어요, 마지막까지 가슴 뭉클한 삶을…　225

밀양출신 가수 박태희씨 가요발전공로대상 수상　228

경남도의원 출신 박태희 가수, 한국예총 회장상 수상　233

경남도의원 출신 가수 박태희 씨
"가수 꿈과 봉사라는 삶의 철학, 둘 다 이뤄 참 행복합니다"　237

전직은 정치인·지금은 트로트 가수… 별난 '박태희 노래대회'　241

'전직은 정치인, 현직은 트로트 가수'… 후원회가 여는 별난 노래대회　245

모델가수 박태희, 두번째 노래경연 대성황 "울컥한 감동"　248

회장·도의원·교수였던 남자, 이젠 독보적 '모델가수'로　254

제1회 가수 박태희 경연대회 성료… 대상 손세운 씨　264

박태희 스카우트경남연맹장 창원대 산학협력 교수로 임용　267

박태희 스카우트 경남연맹장 정치학 박사　269

'늦깎이' 박태희 가수, 1년만에 3집 앨범 '왕성한 활동'　271

트로트왕자 꿈꾸는 박태희 전 도의원　274

[사람속으로] 도의원 출신 가수 박태희 씨　277

정치인서 늦깎이 가수 데뷔한 박태희 첫 콘서트　286

노래 봉사하는 가수 박태희, 밀양교육상 수상　289

'늦깎이 가수' 박태희 씨 사랑의 성금 500만원 기탁　292

트로트와 클래식의 만남, 정치학 박사 가수 박태희 씨 공연　295

'경남 기부천사' 박태희, 고향서 단독 콘서트　298

도의원 출신 가수 박태희, 11월 5일 축제 형식 콘서트 이벤트　301

모델 겸 가수 박태희, 영화 주연 배우 뽑혀 화제　304

5집 음반 낸 경남도의원 출신 박태희 트로트가수… 11월 5일 발표　308

"노래에 담은 멋진 인생 2모작" 박태희 가수 5집 발표　311

가수 박태희, 3박 4일 중국 크루즈 선상 콘서트 '특별한 팬 만남'　314

저자 소개　318

1부

'부민 건재상'

밀양에서 태어난 개구쟁이 소년

나는 밀양시 상남면 예림리에서 태어났다.

아련하게 떠오르는 내 고향 밀양 곳곳에 행복한 어린 시절의 추억이 고스란히 녹아있다. 개구쟁이 사내아이가 친구들과 뛰놀고 탐험하기에 밀양은 최적의 장소다. 초록 옷을 입은 논밭의 풍요와 남천강의 물결은 어린 시절에 대한 향수를 불러일으킨다.

나는 어릴 적 남천강 너머, 끝이 보이지 않는 철길을 바라보며 공상의 나래를 펼쳤었다. 한번은 어머니와 함께 걷다가 문득 떠오른 듯 내가 말했다.

"엄마, 저 철도는 어디까지 가는 겁니꺼? 칙칙폭폭 달려서 서울까지 가는기라예?"

어린 아들의 생뚱맞은 질문에 어머니는 미소를 지으며 내 머리를 쓰다듬으셨다.

"와? 저 철도 타고 서울 가고 싶나? 엄마는 여기가 제일 좋은데? 니는 공부 많이 해서 우리 밀양을 위해 좋은 일 많이 하고, 훌륭한 사람 되래이. 이 땅이 우리 터전이고 젖줄인기라."

어머니의 말씀에 나는 왠지 모르게 가슴이 웅장해짐을 느꼈다.

내 고향 밀양이 내 품에 들어왔다. 어스름 저녁 어머니가 가마솥에 지은 밥에서는 구수한 햅쌀 내음이 풍겼다. 넉넉한 어머니의 사랑이 담뿍 담긴 밥과 찬은 언제나 꿀맛이었다. 여리고 인자하신 어머니의 곁에는 말없이 우리를 지켜주시는 무뚝뚝한 아버지가 있었다. 아버지는 언제

나 '신의'라는 가치를 강조했다.

"사람의 믿음을 잃으면 모든 것을 잃는 기라. 신의를 니 목숨보다 더 중히 여기래이! 눈앞에 이익이 된다고 절대 정당하지 않은 일을 하면 안된데이."

아버지의 깊은 뜻을 어린 소견에 어찌 다 깨달았을까마는, '신의는 꼭 지키는 것이다'라는 명제는 내 삶 전제를 관통하는 가치로 자리 잡아갔다. 지금 생각하면, 내 인생의 성공 밑거름은 아버지의 인생철학에서 기인한 것임이 틀림없다는 생각이 든다. 많은 부분 아버지의 인생길이 내 삶에 투영되는 것을 느끼기 때문이다. 강직하고 든든하셨던 아버지의 가르침이 오늘을 사는 지금도 내게 말하고 있다.

"신의를 잃는 것은 모든 것을 잃는 것이다!"

겨울이 오면 동네 개구쟁이들이 삼삼오오 모여 남천강에서 썰매를 탔다. 여름에 멱 감으며 신나게 물장구치던 강줄기는, 어느새 한파에 꽁꽁 얼어붙어 요지부동 꿈쩍도 하지 않았다. 앉은뱅이 썰매에 앉아 새빨개진 얼굴이 얼얼해질 때까지 시간 가는 줄 모르고 얼음에 지치면, 조그만 내 입에서는 하얀 연기가 모락모락 피어올랐다.

　한 번은 강 가장자리에서 썰매를 타다가 얼음이 깨져, 앉은 자리 그대로 가라앉아 버렸다. 온몸이 흠뻑 젖어 집으로 돌아오니 어머니는 "한겨울 동장군이 잡아 간다"고 궁둥이를 두들기시며, 따뜻한 아랫목에 개구쟁이 아들을 앉히시고 솜이불을 둥둥 감아주셨다. 걱정 어린 꾸지람과 함께 어머니가 내어놓으신 고구마를 먹으며, 나는 배시시 웃었다. 뜨뜻한 방바닥에 이불을 둘러쓰고 있자니, 얼었던 몸뚱이가 스르르 녹았다. 감자가 파삭파삭 맛있었다.

　부모님은 나에게 소 먹일 풀을 베어 오라고 자주 심부름을 시켰다. 아직 어린 나이였지만, 그런 임무가 주어지면, 나는 아주 적극적으로 소의 식량 배급에 나섰다. 내가 소

풀을 베며 들판을 누비면 동네 아저씨, 아주머니들이 "태희, 참 착하네. 오늘도 부모님 돕고!"라며 칭찬해 주셨다. 칭찬 때문만은 아니지만, 왠지 그런 말을 들으면 기분이 좋았다. 소를 돌보고 닭 모이를 주고 새로 낳은 계란을 담아 가져가면, 어머니는 함박웃음 가득한 얼굴로 "태희야, 시키지도 않은 일을 이렇게 해주고, 참 고맙데이"라며 기뻐하셨다. 그런 어머니의 환한 웃음을 보면 가슴이 뿌듯했다.

나는 초등학교 때 소위 재미있는 아이였다. 소풍을 가면 노래를 신나게 불러제껴 친구들에게 박수 세례를 받고, 그 시절 유행하던 예능을 능청맞게 선보이기도 했다. 꼬맹이 어린 시절부터 동네 친구들과 뜀박질하며 놀던 것이 초, 중, 고 달리기 선수가 된 데 도움이 된 것 같다.

그 시절 나는 세상 모든 것들에 호기심이 가득 차 있었고, 도전 또한 두려워하지 않았다. 고등학교 때는 당시 대대장(학생 대표)을 맡아 새로운 리더십을 배워나갔다. 그때 기본기를 탄탄하게 쌓은 리더십은 훗날 밀주 초등학교 학교 운영위원장과 경남도의원, 한국 스카우트 경남 연맹장, 경남대학교 경영대학원 총동창회장 등 수많은 지도자의 자리를 가능하게 하는 밑거름이 되었다고 생각된다.

자연이 가르쳐준 교훈

아버지는 농사일과 건재상을 병행하며 살림을 꾸려나 가셨다. 건재상이라고 해봐야 작은 창고 하나에 건자재 약간을 비축해 지게나 자전거, 리어카로 배달해 주는 정도의 규모였다.

아버지가 건재상 일을 병행하시다 보니 농사일은 자연스럽게 내게 돌아올 때가 많았다. 당시만 해도 부모를 도와 농사를 짓는 일은 비일비재한 일이었다.

우리 반에도 집안 농사를 돕는 친구가 많았는데, 나는 그 애들보다 소출을 더 내보고 싶어 주변에 물어보기도 하고 더 부지런히 농사일을 하려고 애썼다. 지금 생각해 보면 무언가에 도전해 보다 나은 결과를 도출하기 위해 애쓰는 것은, 나에게 큰 인생 공부가 되었다.

우리는 좋은 수확을 생각하며 씨를 뿌린다. 그런데 태양과 비와 바람과 가뭄은 우리 능력 밖의 힘이다. 내가 노력한다고 꼭 더 많은 수확을 내는 것은 아니다. 어느 해는 가물어 벼가 바싹바싹 마르고, 어느 해는 메뚜기 떼의 습격을 받는다.

한 번은 병충에 수확량의 3분의 1이 삭아버렸다. 농사일을 도우며 나는 씨 뿌리고 논밭을 가꾸고 손보는 것과 더불어 '기다림'이라는 자연의 가르침과 '심고 거둠의 미학'을 배웠다. 인생은 여러모로 농사와 닮아있다.

지금까지 살아오며 나는 매 순간 최선을 다해 노력해 왔다. 그런데 그런 노력이 물거품이 되어 날아가고, 오해와 비난의 화살 과녁이 되어 고통받던 시절도 있었다. 당시에는 내 주위를 떠도는 저승사자와 같은 질책에, 사람도 피하고 상처 입은 동물처럼 나만의 동굴 속에서 꿈쩍도 하지 않으려 했다.

그러나 내가 깨끗하고 죄가 없으니, 모든 것은 제 자리로 되돌아왔다. 나를 비방하던 사람들이 무릎을 꿇고 사죄를 하고 용서를 구했다. '기다림'의 인내는 결국 내 삶을 더욱 깊이 있고 성숙하게 담금질했다.

어린 시절 묵묵히 건재상을 지키며 '신의'라는 가치를 몸소 실천하신 아버지를 바라보며, 나는 우직한 뚝심을 배웠다. 어머니의 따뜻함은 내 평생을 함께하는 봉사와 기부의 근간이 되었다.

나는 참 운이 좋은 사람이다. 인생 행복과 성공의 열쇠를 부모님에게 물려받았기 때문이다. 내 인생의 핵심 가치는 나를 오뚝이처럼 다시 일어나는 불굴의 사나이로 키워냈다. 이제 그 열쇠를 이 책을 읽고 있는 독자들에게 전해주고 싶은 것이다.

리어카 끌고 시멘트 나르며 쌓은 신용

　내가 본격적으로 건재상 일에 뛰어든 것은 갑자기 찾아온 아버지의 죽음 때문이다. 입대 후 힘든 군대 생활을 견디며 대학 진학의 꿈을 키워온 나에게는 청천벽력 같은 소식이었다. 언제까지나 우리를 돌봐 주실 것만 같던 아버지가 갑자기 돌아가시다니!

　군에 있는 동안 나는, 나도 모르게 한 가정을 책임지는 가장의 자리로 내몰려있었다. 가족을 책임져야 한다는 부담감에, 꿈꾸던 대학은 뒷전이 될 수밖에 없었다. 할 줄 아는 것이라고는 아버지와 함께한 농사일과 먼발치서 지켜본 건재상 일이 다였다.

　어린 소견에도 농사로는 가난을 벗어나기 힘드니, 건재상을 크게 키워 성공해야겠다는 다부진 결의를 다졌다. 아버지는 건재상을 운영하며 한 번도 힘들다거나 하는 말씀을 하지 않으셨기에, 쉬이 생각한 것도 사실이었다. 그러나 실상은 만만치 않았다.

나는 첫 배달을 위해 건축자재를 리어카에 싣고 10걸음도 걷기 전, 이 일이 얼마나 힘든지 직감했다. 작열하는 태양이 이글거리는 여름, 숨 막히는 열기를 내뿜는 아스팔트는 뜨겁다 못해 끈적끈적한 살갗을 녹여대고 있었다. 한 걸음 한 걸음이 내 한계에 도전하는 걸음이었다.

아버지는 이리 어려운 일을 해 나가시면서도, 힘들다 말씀 한마디 한 적이 없었구나 싶으니, 눈시울이 뜨거워졌다. 아비 잃은 철없는 아들은 아버지가 돌아가시고 나서야 그분의 무거운 짐을 깨달을 수 있었다. 이제 내가 그 짐을 짊어져야 한다고 생각하니, 두렵고 막막했다.

아버지 잃은 슬픔에 생활고가 더해져 당시의 나는, 하루하루가 자신과의 싸움이었다. 쇳덩이마냥 무거운 건축자재가 리어카 위에서 따라오지 않으려 버틸 때면, 아버지의 부재가 더욱 무겁게 나를 덮쳤다.

건재상을 운영하면서부터 담배도 부쩍 늘었다. 무거운 짐 싣고 나르는 짬짬이, 한숨 돌리며 담배를 피우는 것이 낙이 되었다. 고된 일을 견뎌내며 어린 가장으로 살던 그 시절, 담배만이 유일한 내 삶의 사치였다.

한번은 한여름 땡볕에서 건설 현장까지 시멘트를 배달할 일이 있었다. 채 20분도 지나지 않아 목에서 땀이 물처럼 줄줄 흘러내려, 속옷까지 흠뻑 적셨다. 옷을 벗어 짜면 물이 주르르 흐를 지경이었다. 이마에서 떨어지는 땀은 눈을 타고 얼굴을 적셨다. 땀에 범벅이 된 두 눈이 따갑고 어지러웠다. 급기야 속이 메스꺼워 걸음을 멈추니, 담배 생각이 절실했다. 나는 습관적으로 상의 왼쪽 호주머니로 손을 올렸다. 언제나 얌전히 나를 기다리던 담배는 그날따라 빈 갑만 야속하게 남아있었다.

나는 마음이 조급해져 주위를 둘러보았다. 저만치 100미터 전방에 반가운 담배 간판이 보였다. 무거운 시멘트가 실린 리어카를 가지고 되돌아가는 것이 불가능해, '에라 모르겠다!'하고 리어카를 보도블록 한편에 두고 100미터를 되돌아가 담배를 사 왔다.

담배를 사러 가며 머릿속으로 두고 온 리어카가 사라질까, 비싼 시멘트가 한 포라도 없어질까 오만 가지 걱정이 어지러이 스쳤다. 담배라는 게 무엇이기에 생업을 책임지는 리어카까지 두고 사러 가야 하나 생각하니, 내가 한없이 찌질하고 어리석게 느껴졌다. 그러나 금단증상은 기어

코 내 발길을 담배 가게로 끌고 갔다.

담배를 한 개비 피워 물자 그토록 불안했던 마음이 거짓말처럼 진정되었다. 어질하던 눈도 밝아지고, 생각도 긍정적으로 바뀌었다. 나는 담배를 피우며 리어카로 되돌아갔다. 다행히 리어카 위 시멘트는 얌전하게 주인을 기다리고 있었다.

리어카 앞에 서서 나는 내 모습을 빤히 응시했다. 한 집안의 가장이 된 20대의 젊은 청년이 살아보겠다고 리어카 한 대에 시멘트를 쌓고 배달을 하는 모습은 그렇다고 치자. 이 배달로 얼마를 벌기에 나는 이렇게 담배에 돈을 허비하고 있나 생각하니 실소가 나왔다.

담뱃값을 한 달 치로 계산해도 적잖은 돈이었지만, 그보다도 담배 같은 것에 의지하고 살아가는 내 모습이 너무나 하찮게 느껴졌다. 마음 한편에서 '담배를 안 피우고 어찌 사누'라는 작은 속삭임이 들려왔지만, 나는 그 자리에서 금방 산 담배를 꺼내 멀리 던져버렸다. 라이터까지 던지고 나니 속이 개운해졌다.

마치 이 한 가지 결단을 통해, 성공으로 가는 급행열차라도 탄 듯했다. 한편으로는 아쉽기도 했지만, '건강도 챙기고, 돈도 아끼자!'라고 되뇌며 애써 나를 달랬다. 『돈의 속성』의 저자 김승호 회장은 "푼돈을 대접해야 큰돈이 대접을 받으러 들어온다"라고 했다. 당시 내가 '이제 푼돈을 함부로 쓰는 일은 없어야겠다'고 결심한 것이, 지금 생각하면 부를 이루는 중요한 전환점이 된 것 같다.

실제로 그날 이후 나는 물건을 하나 살 때도 사고 싶은 것인지, 꼭 필요한 것인지를 확인한다. 사고 싶지만 꼭 필요하지 않은 물건에는 돈을 쓰지 않기 위해서다. 그러자 이전에 별 생각 없이 술술 새어나가던 돈이 저수지에 물이 고이듯 모여들었다.

돈 쓰는데 재미를 두지 않고 버는 데 신명을 내니 사업
이 나날이 발전했다. 그렇게 열심히 노력하다 보니 아버
지의 조그만 가게인 '부민 건재상'은 어느덧 어엿한 중견
사업체로 발돋움하고 있었다.

장사꾼에서 사업가로

나는 언제나 '신의'를 강조하시던 아버지의 정신을 이어받아 '성실·책임·정직'이라는 사훈을 회사에 크게 걸었다. 아버지가 평생을 지켜내신 삶이 사실 얼마나 지켜지기 힘든 귀한 가치인지 사업을 하면서 알게 됐다. 그래서 매일 회사 문에 들어서면 성실, 책임, 정직을 눈으로 읽으며 마음에 되새겼다. 그래서 그런지 비가 오나 눈이 오나 바람이 부나, 부민 건재상은 단 한 번도 고객과의 약속을 어긴 적이 없다. 그러니 배달 시간을 지키는 것은 더 말해 무엇하겠는가.

그런 내게도 약속을 지키지 못 할 뻔한 절체절명의 순간이 있었다. 당시 악명 높은 '슬레이트와 시멘트 파동' 시절의 일이다. 아직 창고가 넓지 않은 부민 건재상은 제품을 납품하기 전 신속하게 물량을 공급받고 약속 기일에 납품하는 전략을 취하였다. 돈도 부족하고 창고도 작은 영세한 유통 업자에게는 선택의 여지가 없는 방식이었다.

납품을 위해 시멘트를 창고에 가득히 쌓아둔 날, 갑자기 하늘이 뚫린 듯 비가 쏟아지기 시작했다. 허술하게 뼈대만 갖춘 창고로 비가 새어 들어오고 시멘트 봉투가 축축이 젖어 들자 나는 사태의 심각성을 깨달았다. 쏟아지는 비를 맞으며 지붕에 비닐을 덮고 틈새를 막고 이리 뛰고 저리 뛰어 봤지만, 벽을 뚫을 기세로 내리꽂히는 비를 어찌할 방도가 없었다. 시멘트는 이미 빗물에 흠뻑 젖어 단단하게 굳어있었다.

납품이 3일밖에 남지 않았는데, 창고에는 못 쓰는 산업 폐기물만 가득 쌓인 꼴이었다. 눈앞이 캄캄했다. 당장 납품을 지키지 못하면 몇 안 되는 큰 거래처가 날아가는 것이 자명했다. 그러나 나를 더욱 괴롭힌 것은 목숨같이 지켜온 '신용'을 잃을까 봐 느끼는 불안감이었다.

나는 물불 가리지 않고 시멘트를 끌어모으기 시작했다. 도매상에서는 내 처지를 안타깝게 여겨 자신들도 얼마 없는 물건을 납품할 물건에 보태주었다. 그간 거래하며 현찰 지불과 깨끗한 매너를 지켜온 것이, 갑자기 들이닥친 어려움에 큰 도움이 되었다. 나머지 부족분은 비싼 가격을 주고 여기저기서 사 모았다. 그간 알뜰살뜰 모아둔 종잣돈을 털어 비싸게 물건을 사들이니, 내가 뭣 때문에 이 짓을 하나 싶었다.

그러나 그만큼 내게는 약속을 지키는 것이 절실했다. 아버지가 남기신 '신의'라는 유산을 저버릴 수 없었고, 언젠가는 내 노력이 선한 영향력으로 되돌아올 것이라는 믿음이 있었다. 그리고 그 믿음은 현실이 되었다. 손해를 보고도 끝까지 약속을 지켜낸 나를, 거래처들은 믿어주고 소개도 많이 해주었다. 거래처가 늘자, 사업은 점차 안정화되기 시작했다. 물량의 선순환 구조가 만들어졌다. 지금 생각하면 젊어서 한 그 고생이, 내 삶을 더욱 성숙하게 이끌었다.

사업가는 당장의 이익보다 멀리, 넓게 본다. 당장에 손해가 될 상황이라도 투자라고 생각하고 밀어붙일 때도 있다. 나는 장사꾼이 아니라 사업가가 되고 싶었다. 부민 건재상은 바르고 정직한 회사라는 인식을 심어주고 싶었다.

그런 나의 염원은 후에 '부민종합건설'이라는 새로운 도약의 밑거름이 된다. 허름한 창고로 인해 소나기에 시멘트를 모두 잃은 내 경험은, 후에 천재지변에도 쓰러지지 않는 강인한 아파트를 만들자는 신념을 낳았다.

아파트는 사람이 사는 장소다. 밀양은 내 고향이고 우리의 젖줄이라던 어머니의 말씀이 아직도 떠오른다. 나는 그런 밀양에 도움 되는 기업을 우뚝 세우고 싶었다.

‘애국’을 일깨워준 스승들

나는 어릴 적부터 위인전과 역사서 읽는 것을 즐겼다. 시대적 영웅을 책 속에서 만나면, 그와 함께 세상을 위해 민초를 지켜내는 듯한 정의감이 내 안에서 꿈틀거렸다. 나는 이순신 장군과 백범 김구 선생, 박정희 전 대통령의 일생에서 민족을 사랑하는 그들의 깊은 사랑과 결단력, 추진력을 배웠다.

위인은 후세에 그 진정한 가치를 평가받는다고 한다. 나는 책 속에서 진정한 스승을 만나며, 언젠가는 그들처럼 나라의 발전에 크게 기여한 ‘박태희’가 되리라는 결연한 의지가 내 속에서 싹텄다.

어릴 적 책 속에서 만났던 이순신 장군은 외로운 영웅이었다. 몇 해 전 나온 영화 ‘한산’과 ‘명량’을 통해 그분의 고뇌와 결단을 더욱 생생하게 느낄 수 있었다. 임진왜란을

연전연승으로 이끈 이순신 장군은 한때 모함을 받아 백의
종군하는 고초를 겪었다. 이순신 장군에게 주어진 죄목은
조정을 기만하고 왕을 무시한 죄, 적을 토벌하지 않고 나
라를 버린 죄, 다른 사람의 공을 빼앗고 모함한 죄, 방자
하여 꺼려함이 없는 죄 등이었다고 한다.

지난 세월 나도 억울한 누명으로 가슴앓이를 한 경험이
있다. 그동안 양심에 거리끼는 일을 한 적이 없었던 나였
는데, 근거도 없는 '카더라' 뉴스를 퍼뜨려 나를 무너뜨리
려는 사람이 있었다. 그래서 이순신 장군의 마음이 얼마
나 힘들고 고통스러웠을지, 미루어 짐작할 수 있다.

나라에 혁혁한 공을 세운 장수를 한순간에 끌어내려 죽
이자고 덤비는 조정 대신들을 보고, 장군이 얼마나 기가
막히고 억울했을지 생각하니 심장이 꽉 막히는 듯하다.
이순신 장군에게 직위를 인계받고 한산도에서 외적에 대
항하던 삼도수군통제사 원균이 적의 유인 전술에 빠져 칠
천량에서 전멸에 가까운 패배를 당하고서야, 선조는 이순
신 장군을 다시 통제사로 기용하였다.

왕은 교서에서 "지난번 경의 관직을 빼앗고 벌을 주게
한 것은 또한 사람이 하는 일이라 잘 모르는 데서 나온 것
이오"라며 변명하고, 장군을 통제사로 재임용시켰다. 나
는 진정한 영웅은 어떠한 어려움도 이겨내는 불굴의 의지

를 가졌다는 것을 '이순신 장군'을 보고 알게 됐다.

군사 120인과 병선 12척으로 명량해전에서 133척의 적군과 대결해 31척을 부수는 전과를 올린 이순신 장군은 전쟁의 기세를 바꿔버렸다. 전쟁은 기세다. 정치도, 경제도 그 기세에 해답이 있다. 세상을 살다 보면 기세가 세상을 변화시키는 것을 자주 목도하게 된다.

명량대첩으로 이순신 장군은 수군을 재정비하고 군진을 독려해, 퇴각하는 500여 척의 적선을 크게 무찌를 수 있었다. 나는 이순신 장군의 강직한 성품과 용감함, 치밀함, 결단력, 인자함, 정의감에 크게 감동을 받았다. 그리고 충효와 문학에서도 명장 이순신의 자기관리에 많은 영향을 받았다.

영웅은 태어나는 것이 아니라 만들어지는 것이리라. 이순신 장군이 얼마나 노력하고 참아내고 이겨냈었는지 상상하면, 나도 더욱 발전하고 싶다는 의지가 불붙는다.

백범 김구 선생은 일제 강점기에 나라와 민족을 위해 목숨 바쳐 독립운동을 한 투사다. 항일 무장투쟁 활동과 결사단체인 한인애국단 조직, 1932년 일본 왕 사쿠라다몬 저격 사건, 상하이 홍커우 공원 일본 왕 생일축하식장 폭탄 투척 사건, 이봉창·윤봉길 의사의 의거 등을 지휘했다.

선생은 나라 잃은 고통에서 민족을 해방시키기 위해 상하이 임시정부에서 활동하여, 대한민국임시정부 주석에 선출되었다. 백범 선생은 사형선고와 복역, 탈옥과 같은 고난을 겪으며, 나라 잃은 아픔을 그 누구보다 피부로 깨달은 분이다.

그는 꿈에 그리던 8·15광복 이후 신탁통치 반대운동을 주도하고, 남한 단일 총선을 실시하려는 국제연합 의결에 반대했다. 그러나 1949년 6월 26일 경교장에서 육군 포병 안두희에게 암살당하며, 국가를 위해 목숨 바친 영웅은 역사 속으로 사라졌다.

백범 김구 선생의 일대기는 '나라'라는 울타리가 국민과 개인의 삶에 어떤 영향력을 끼치는지 보여주며 큰 울림을 주었다. 선생은 일제 식민지 핍박 속에서 포기하고 살아가는 백성에게 해방의 꿈을 심어주었다.

민족의 정신을 지킨 숭고한 그분의 희생정신은 지금도 내게 '국가'의 역할에 대한 고민을 던지고, 내가 국가에 이바지할 것이 무엇인지를 찾게 만든다.

국가는 한 가정의 아버지며 국민은 그 가족이다. 아버지는 외부로부터 가족을 보호하고, 돌본다. 나는 아버지를 도와 가족을 돌보는 역할을 위해 줄곧 내가 선 자리에서 노력해 왔다.

어릴 적 학교에서 쥐를 잡아 꼬리를 잘라 오라는 숙제를 내주곤 했다. 지금 대한민국에는 깨끗하고 청결한 아파트들이 즐비하지만, 당시만 해도 슬레이트 지붕 천장에는 쥐들이 바글거렸다. 달세도 없이 무위도식하는 녀석들은 시끄럽기가 말도 못 했다.

어릴 때 아랫목에 배를 깔고 숙제를 할라치면, 체육대회라도 하는지 녀석들이 온 천장을 뛰어다녔다. '두두두두' 소리를 내고 뛰기 시작하면, 천정이 무너져 쥐들이 다 뛰쳐나올 것만 같은 공포를 느낄 정도였다.

안 그래도 먹을 것이 없어 멀건 국에 꽁보리밥 먹던 우리 집 부엌 먹거리를, 시끄러운 불청객들은 제 집 부엌인 양 드나들며 음식을 훔쳐 갔다. 줄줄이 딸린 식구가 많기는 우리나 저희나 마찬가지인지라, 적과의 동침은 이렇듯 묵시적으로 이루어졌다. 지금, 그 많은 쥐들이 사라진 대한민국은 얼마나 살기 좋은 국가인가.

살기 좋은 대한민국을 이끈 인물로 '박정희 전 대통령'이 손꼽힌다. 땟꺼리가 없어 온 가족이 배를 곯던 시절, 국가에서 사업을 주도해 나라 경제를 일으키고 새마을 운동을 통해 낙후된 농촌을 개발하는 시스템은 지금도 전 세계가 '한강의 기적'으로 평가하며 배워가고 있다. 박정희 전 대통령에 대한 평가를 놓고 많은 논란이 있는 것은 사실이다.

그러나 35년간의 일제강점기를 벗어나 광복의 기쁨이 채 가시기도 전, 민족 비극의 6·25 전쟁이 터져 폐허가 된 이 나라를 생각하면 아직도 가슴이 내려앉는다. 미국이 보내준 밀가루 부대에 그려진 악수하는 손은 당시의 가난을 짐작케 한다.

겨우겨우 목에 풀칠하며 살던 당시, 5·16 군사혁명 후, 남한은 급진적 변화의 바람이 일어났다. 당시 우리 수출품은 광산물과 김, 한천 같은 종류로 한 해 200만 불 가량이었다. 반면 수입은 그 100배에 달하는 2억 불이었다니, 쌓이는 건 빚밖에 없는 나라 살림살이였음이 틀림없다.

1962년 경제개발 5개년 계획을 통해 신발, 섬유 등의 경공업에서 선박, 제철과 같은 중공업으로 발전하는 발판이 마련되었다. 한일 관계 정상화와 월남 파병, 광부와 간호사를 독일에 보내어 피땀 어린 돈을 국가 산업에 투자했었다.

지금도 전 세계가 주목하는 새마을운동을 통해, 전국 농촌에 시멘트를 무상 공급하고 성과를 비교하여 추가 지원을 하는 시스템을 가동했다. 이 선의의 경쟁은 농촌의 발전에 가속을 붙이고, 무엇보다 주인의식과 도전정신, 자긍심을 심는 데 큰 역할을 했다.

어스름 새벽하늘에 울려 퍼지던 '잘 살아보세, 잘 살아보세, 우리도 한번 잘 살아보세' 노래가 지금도 선명하게 뇌리에 박혀있다. 우리나라 수출 증대의 효자 노릇을 톡톡히 한 경부고속도로 건설 당시, 도로 건설을 두고 여야를 막론하고 엄청난 반대가 있었다. 다니는 차들도 많지 않은데 막대한 예산을 투입해 고속도로를 놓는 것에 대해 정치권은 회의적이었다. 당시 대통령은 직접 헬기를 타고 현장을 오가며, 도로 건설을 검토하고 의견을 모으며 빠른 진행을 독려했다.

이러한 박 대통령의 열의는 국가 산업을 일으켜 새로운 일자리를 창출하며 국민 경제를 일으키는 밑거름이 되었다. 또한 시원하게 뚫린 경부고속도로를 통해 수출을 비롯한 물류산업 발전과 각종 제조업, 농업의 판로 개척의 성과를 냈다. 미래를 내다보는 선견지명과 추진력, 국민이 가난에서 벗어나길 염원하는 박정희 전 대통령의 각종 정책은 본받을만한 부분이 충분히 있다.

박 대통령의 정치적 행보에 대한 비판이 불거져 나온 것은 어제오늘 일이 아니다. 그러나 나는 '평가'란 옳고 그름을 모두 바라보는 안목이 필요하다고 생각한다. 우리 대한민국을 농업국가에서 상업 국가, 즉 무역 국가로 대전환을 이뤄낸 데 크게 기여한 박정희 대통령의 업적은, 시대를 뛰어넘는 가치를 지녔다고 생각한다.

2부

인생의 계곡에서

벼랑 끝에서 나를 잡아준 사람

나는 2006년 '사랑하는 밀양을 최고로 살기 좋은 지역으로 만들겠다'는 큰 꿈을 품고, 한나라당 공천을 받아 밀양시장 후보로 나섰다. 그러나 선거판에 암적인 존재인 '마타도어'를 뒤집어쓰고, 내 꿈은 처참히 무너졌다. 날조된 마타도어는 공명정대하고 깨끗한 정치 승부를 치르는 내게 '공천헌금을 댔다', '사채놀이를 한다', '식대며 공사금을 떼어먹었다', '공사에 박태희 특혜를 받았다'는 등의 얼토당토 않는 누명을 씌워댔다. 그것도 249표라는 안타까운 표 차이로 고배를 마셨으니, 그 안타까움은 이루 다 말할 수 없었다.

흔히 사람이 억울하면 화병이 생긴다고 하는데, 그 충격과 분함이 사무치니 죽음의 문턱까지 나를 이끌었다. 당시 억울한 마음에 자다가도 벌떡벌떡 일어나고 숨이 막혀

밤을 새우는 일이 비일비재했다. 내가 잠을 못 자고 거실에서 서성이면, 아내는 시원한 냉수를 준비해 와 내게 건네주었다. 그녀는 내 손을 잡아주며 함께 밤을 지새웠다.

따스한 아내의 손길은 '당신을 믿는 내가 당신 곁에 있어요. 우리 함께 이 고비를 이겨내요'라고 말하는 듯했다. 그러면 나는 점차 마음이 누그러지고, 평정심을 되찾아 갈 수 있었다. 결혼 후부터 언제나 곁에서 나를 응원해 주던 아내가, 고통과 시련의 순간에 든든한 구원군이 되어 벼랑 끝에 몰린 내 손을 잡아준 것이다.

내 아내는 미스 아랑 출신의 올곧은 사람으로, 단장면이 고향인 벽진 이 씨다. 처형의 소개로 부산에서 직장 생활을 하던 그녀를 알게 된 이후부터, 그녀가 있는 부산은 내 제2의 고향이 되었다. 첫눈에 반해 공을 들이며 적극적으로 구애 공작을 펼쳐, 드디어 결혼식을 올리던 날 나는 세상을 다 가진 기분이었다. 사랑하는 여자와 한 가정을 이루고 살 수 있다는 것은 신이 내린 축복이다.

아내는 결혼생활 동안 한결같이 나의 조력자로 내 곁을 지켜주었다. 특히 살얼음판 같은 정치 세계에 뛰어들어 역경의 파도가 몰아치던 시기에도, 말없이 뒤에서 격려하고 큰 힘을 보태어 주었다. '모델 가수 박태희'로 활동하는 지금, 여전히 아내는 나의 열렬한 팬이다. 힘든 과거를 툭툭 털고 앞을 향해 전진할 수 있는 나의 저력은, 내 소중한 후원자인 아내에게서 기인한다. 그만큼 아내는 나에게 큰 힘이 되고 격려가 되는 소중한 사람임을 고백한다.

내가 죽음의 문턱에서 고통받을 때 따스하게 내 손을 잡아준 사람…….
어릴 적 꿈인 가수로의 도전을 적극적으로 응원해 준 사람…….
언제나 나를 믿고 지켜주는 내 아내를 나는 열렬히 열렬히 사랑한다.

공천과 낙선, 지나간 과거

사실 다시는 회상하기도 싫은 일이다. 그러나 필자가 겪은 일임에는 분명하므로 다시 소환하여 재음미하는 건, 개인적으로나 지역 사회적으로나 민주주의 발전 차원에서나 매우 의미 있는 일로 생각된다.

2006년 한나라당(국민의힘 전신) 밀양시장 후보 공천 과정을 되돌아가 본다. 갖가지 시비가 끊임없이 제기되어 당에서는 경선을 원칙으로 하고 일정을 추진하였다. 최종 경선 후보는 필자를 포함해 모두 세 사람. 이들 세 사람의 서면합의에 따라 여론조사가 실시되었다. 구체적으로는 △여론조사 기관 2개로 합산 평균함 △표본수는 각각 1,500명 △당원과 일반의 비율은 7 대 3으로 한다는 게 골자다. 그 결과 박빙의 차이로 필자가 1위로 취합돼 공천장을 받게 되었다.

그럼에도 공천헌금 운운하며 잡음이 끊이질 않았다. 하지만 그런 주장은 그야말로 허위 주장일뿐 사실이 아니거니와 근거 없는 억측이었다. 앞서 언급한 대로 여론조사에서 당원과 일반의 비율은 7대 3이었다. 당원 여론조사 결과 필자는 34.69%였고 2위를 한 후보는 35.44%였다. 만약 필자가 거액의 공천헌금을 냈다면 내지 않은 후보보다 앞서는 것이 상식적이고 합리적이다. 그렇다면 경쟁 후보보다 뒤지게 해달라고 공천헌금을 냈단 말인가. 요컨대 공천헌금을 내지 않았음은 명약관화한 팩트다. 상대가 가처분신청을 냈을 때 법원에서 '이유 없다'며 기각한 것도 같은 맥락이다.

그러나 구설은 거기서 멈추지 않았다. 본선에서 본격적인 흑색선전이 기다리고 있었던 것. 선거운동이 한창이던 어느 날, 한 참모가 다급한 목소리로 "회장님, 큰일 났습니다"라며 다가왔다. 내용인즉슨 필자가 한나라당 공천을 받기 위해 거액의 공천헌금을 냈다는 것이고, 그 금액이 최소 10억 많게는 20억 원이라는 것이었다.

그뿐만 아니라 공사를 맡기면서 대금을 떼먹었다느니, 인건비를 주지 않았다느니, 사채놀이를 했다느니, 하는 내용이었다. 이런 흑색선전은 입에서 입으로 전해져 엄청난 속도로 퍼져나갔다. '중구(衆口)는 무쇠도 녹인다'는 말이 실감 났다. 지독한 독버섯의 위력이었다. '아니면 말고 식'의 악의적인 상대의 선거 전략인 줄 알면서도 막상 닥치자, 속수무책으로 당할 수밖에 없었다. 법적으로 대응한다는 건 사후약방문에 지나지 않았고 그냥 애간장이 녹을 뿐이었다.

불똥은 아내에게로 번졌다. 기업을 경영하는 과정에서 평소 친하게 지내오던 사람들이 찾아와 급전이 필요하다며 애원하다시피 부탁해 잠시 빌려준 것이, 사채놀이라는 누명으로 되돌아왔다. 필자를 만나 동고동락해 온 사랑하는 아내가 모함을 받는 현실 앞에서 한없이 슬프기만 하였다. 지방선거는 물론 총선, 대선에까지 마타도어가 판을 치고 있어 선거철 때마다 악몽처럼 되살아나 누구보다도 씁쓸한 마음이다.

가까운 지인들이 급하게 부탁해서 이를 외면하지 못하고 돈을 빌려주거나 어음을 확인해 준 적은 있으나, 고율의 이자를 받거나 사채업을 한 적은 없다는 사실을 다시 한번 말하고 싶다.

　선거운동은 끝났지만 너무나 억울하여 루머를 퍼뜨린 자가 누구인지 직접 색출하기로 했다. 천재일우의 기회로 누군가의 사주를 받은 가담자라는 사실을 알아냈다. 증거 확보가 관건이었다. 궁여지책으로 선거 운동원들이 소형 녹음기를 들고 진원지를 찾아 나선 끝에 마침내 단서가 포착되었다. 택시 기사 다섯 명이 바로 그들이었다. 그들이 그 누군가의 도구로 이용되고 있었던 것이다.

　녹취록을 첨부해 수사기관에 고소하였다. 그러자 다급해진 당사자들이 "잘못했으니 용서해 달라"며 애원하기 시작했다. 그리고 검찰청 담당 검사가 내게 전화를 했는데, "내가 크게 혼을 냈으니 선처를 해주자."라고 권유를 해서 이에 응했고, 이들이 사무실에 와서 잘못을 시인하고 용서를 구하는 각서를 받은 뒤 소를 취하해 주었다. 또한 이들은 허위 사실로 실추된 나의 명예를 회복시켜 주겠다는 약속도 했다. 하지만 그런 애원은 마타도어의 불이 무고한 산 하나를 이미 잿더미로 만들어 놓은 뒤였다.

　선거 결과는 초박빙이었다. 소수점 한자리 이내에서 승부가 갈렸다. 250표도 안 되는 차이였다. 게다가 상대 당

후보 개인적으로나, 당의 입장으로나 보수 유림의 고장에서 진보 좌파에게 시장 자리를 내어준 것이 두고두고 뼈저린 패배로 다가왔다. 게다가 경선 때 같은 당 후보들도 본선에서 힘을 모으기는커녕 비방하기 일쑤였고 못 먹는 밥에 재 뿌리기식이었던 같았다. 경선에 낙선 후보자의 운동원들은 같은 당임에도 불구하고 상대당에 가서 나를 모욕하고 비방하고 허위사실을 퍼트리기도 했다.

엊그제 일 같은데 뒤돌아보니 꽤 많은 시간이 흘렀다. 어찌 보면 오래된 현재다. 커다란 교훈으로 받아들인다. 근본적으로는 모든 걸 필자 본인의 탓으로 돌리고 싶다. 더 겸손했더라면, 더 베풀었다면, 더 배웠더라면, 더 봉사했더라면, 더 준비했더라면, 하는 회한이 남는 것이다. 세상에 완전무결한 사람은 존재하기 어렵지만 말이다. 아무튼 모두 잊은 일이고 잊어야 할 일들이다.

민주주의의 꽃인 선거가 축제가 되기 위해선 많은 제도적 장치가 필요하다. '아니면 말고 식'의 허위 사실을 유포하는 행위는 사후에라도 끝까지 추적하여 책임을 묻는 것이 필요하다. 허위는 진실을 왜곡하여 유권자의 판단을 오도하는 범죄행위이기 때문이다. 그것은 민주주의라는 나무를 뿌리째 병들게 하는 악성 해충이기도 하다.

비전, 정책, 능력, 경험 등에 의해 우열이 가려지는 선거 풍토 조성이 절실하다. 그럴 때 진정한 풀뿌리 민주주의가 정착되었다고 할 수 있다. 때마침 법원에서 허위사실 유포 행위에 대해 과거보다는 훨씬 중한 형벌을 내리고 있어 매우 고무적으로 받아들여진다. 공천과 낙선, 그건 지나간 현재이지 사라진 과거가 아니다. 멀리 두고 나를 바라보니 내가 걸어온 걸음걸이가 더 선명하다.

사라진 재도약의 꿈

비록 밀양시장 선거 본선에서 이기진 못하였지만, 더 정확하기는 흑색선전의 희생양이 되긴 하였지만, 보수 유림의 성지라 할 수 있는 밀양의 시장 후보가 된 것은 나름대로 큰 자부심을 가질 만한 일로 생각한다. 적어도 "이렇게 살아 왔노라"라고 말할 수 있는 것에 대한 결과라고 보기 때문이다. 공천을 통해 일개 정당의 후보로 선출되었다는 건, 공당의 대표선수라는 점에서 상당한 의미를 내포한다고 할 수 있다.

더욱이 전략공천도 아니고 경선 참여자 전원의 합의에 따라 객관적인 기준으로 공천 과정이 진행되고 그 결과 최종 선정되었던 것이기에. 그러니까 당시 한나라당 밀양시장 후보로 선출된 건, 인구 10만여 명의 밀양을 이끌어갈 만한 자격을 갖췄다는 평가를 받은 것이기도 하다.

비록 불온한 측의 마타도어에 의해 시장 자리를 빼앗기긴 했지만, 그래서 비록 짧았던 영광의 순간이었지만 말이다.

밀양은 경남의 동북부에 있는 시로 경부선 철도의 주요 선로 옆 지역 중 하나로 부산과 대구 중간에 위치해 있으며, 경상북도 청도군과 마주 보고 있기도 하다. 울산과 창원도 인접해 있어서 경상도의 주요 대도시들 사이에 자리 잡은 도시이다. 대도시들 모두 밀양시에서 차로 1시간 남짓이면 갈 수 있을 정도다.

이 때문에 밀양은 부산, 대구, 울산, 창원 등 여러 대도시들의 영향을 골고루 받는 도시다. 밀양시청을 기준으로 밀양에서 창원까지는 31km, 부산까지는 47km, 대구까지는 43km, 울산까지는 51km에 불과하다.

요컨대 밀양은 역사의 도시, 교통의 도시, 농업의 도시, 교육의 도시, 관광의 도시라 할 만하다. 이에 따라 필자가 밀양시장에 당선되었다면 이와 같은 도시의 특색을 살려, 다시 말해 그 장점과 역량을 최대로 끌어올려 경남에서 다섯 손가락 안에 드는 도시로 재도약 시키고 싶은 목표를 갖고 있었다.

밀양은 과거 한 때 지금의 인구보다 2배가 많은 20여만 명으로, 경남의 수부 도시 위상을 점하기도 하였다. 아시는 분은 아시겠지만, 그때가 1966년으로, 인구가 20만하고도 6,000명을 넘어섰었다. 도시계획상 여러 가지 지표 가운데 가장 중요한 것이 인구수인데, 인구를 보면 모든 것을 가늠할 수 있기 때문이다. 필자는 그런 옛 영광을 되찾고 싶었던 것이다.

필자가 2006년 3월 한나라당 공천에서 시장 후보로 선출되었을 때, 개인적으로 무한한 영광이었지만 지역 사회적으로는 밀양을 한 단계 더 도약시킬 수 있는 기회로 여기며 사명감을 불태웠다. 교육위원에 선출돼 교육을 걱정하고 도의원에 선출돼 행정 경험을 쌓은 건, 모두 다 그런 기회에 대비한 준비 과정이었다.

밀양은 오염되지 않은 청정 지역이다. 따라서 산업을 유치한다면 IT나 유전공학과 같은 첨단산업이 필요하다. 첨단산업이 유치되면 청정 밀양을 그대로 유지하면서 고부가가치를 창출해 지역의 생산성을 향상시키고 일자리 창출로 고용을 늘려 지역경제를 활성화할 수 있다.

밀양은 교통도 발달해 있고 부산, 대구, 울산과도 가까울 뿐만 아니라 산업 용지와 공업용수 확보가 용이하다. 그런데 이런 사정을 고려하지 않은 채 어느 날 갑자기 공해공장이 들어오고 있어 안타깝기만 하다.

그리고 밀양은 토목공사를 하지 않고도 관광산업을 육성할 수 있는 곳이다. 천혜의 자연 자원에다 유서 깊은 사찰이 자리하고 있기 때문이다. 얼음골, 사자평, 가지산 등은 영남의 알프스라는 이름값을 할 수 있게 하고, 임진왜란 때 승병들의 활동이 활발했던 표충사의 옛 명성도 되찾아야 한다. 표충사를 포함해 300여 곳의 사찰과 암자 가운데 영산정사, 여여정사 같은 곳은 템플스테이도 가능하다. 이들 사찰과 밀양시가 힘을 합쳐 머무는 관광이 자리 잡도록 해야 한다.

밀양에서는 영농의 산업화를 빼놓을 수 없다. 밀양은 기후나 입지, 토질 면에서 식물이 자라기에 으뜸이라 할 수 있다. 전국적인 명성을 갖고 있는 얼음골 사과를 비롯해 깻잎, 딸기, 포도, 단감, 청양고추 같은 작물들을 국내는 물론 세계적인 브랜드로 키워내야 한다. 프랑스의 샤또, 보르도 같은 지방의 이름이 세계적인 포도주의 대명사가 된 것처럼 우리라고 못 하라는 법이 없다. 특히 필자가 시장이 되었다면 밀양이 옥수수 메카가 되어 상당한 변화가 있었을 것이다. 김순권 세계 옥수수 박사는 필자에게 여러 차례 약속했는데, 세계 옥수수 박물관을 밀양에 건립하여 전 세계인들이 밀양을 찾아 옥수수 종자를 구매하는 등 옥수수 메카로 성장했을 것이다.

이같이 필자가 그려온 밀양의 청사진은 이런 것이었다. 몇 가지 덧붙인다면 대도시인 부산, 대구, 울산, 창원에 사는 은퇴자들이 제2의 인생을 설계하기에 가장 좋은 곳이 밀양이라는 사실이다. 전원·휴양 도시로 자리매김하도록 해야 한다. 이렇게 되면 이웃하고 있는 양산시처럼, 인구가 주는 도시가 아니라 인구가 느는 도시로 다시 탄생할 것이다.

낙선이란 계곡에서

아주 짧긴 하였지만 공천이 내게 산 정상이었다면 낙선은 산 계곡이었다. 계곡도 계곡이었지만 천 길 낭떠러지로 내동댕이쳐진 것이었다. 추락한 지점은 세상의 바닥이었다. 필자의 기분이 그랬던 것이다. 그것도 마타도어에 의해서가 아닌, 초박빙의 차이가 아닌, 선거 결과였더라면 깨끗이 승복이라도 할 터였지만 말이다.

정정당당하게 패한 선거가 아니었기에 그 충격이 주는 고통은 엄청났다. 흑색선전의 희생양이 된 선거였기에 억울하기 그지없고 하늘이 원망스럽고 세상이 얄밉기만 하였다. 내가 응당 가져야 할 권리를 거짓말같이 탈취당했기 때문이다.

하지만 어쩌랴. 선거는 일단 한 번 패하면 그 결과를 다시 뒤집기란 불가능하다. 사실적으로나 법적으로나 뒤집

을 수 있는 수단은 없다고 보아야 한다. 그게 선거다. 상
대는 그것마저도 철저히 이용하였는지도 모를 일이다.

선거가 민주주의 꽃이라면 흑색선전은 민주주의의 악
이다. 따라서 풀뿌리 민주주의를 저해하는 행위는 법적·
제도적으로 막을 수 있는 모든 대책이 강구되어야 한다.
선거관리위원회도 시민단체도 언론도 경·검도 눈을 부
릅뜨고 감시해야 하고, 법원은 엄정하게 형벌을 선고해야
하는 이유다. 그렇게 억울하게 선거에 패배하자 인간에
대한 배신감으로 한동안 잠을 이룰 수 없었다.

사람 보기가 싫어져 대인기피증까지 왔다. 그러다 보니
대문 밖에 나오기가 싫어졌다. 집과 방에서 웅크리고 있
었던 시간이 얼마였을까. 수없이 길을 걷기도 하고 결국
은 산으로 향하였고, 등산을 하자 몸도 마음도 조금 좋아
지긴 했다. 그러나 대인기피증과 나만의 고독을 완전히
떨칠 순 없었다. 고독을 씹으면 씹을수록 그런 고독이 소
멸되는 것이 아니었다.

불면증에다 우울증, 울화증에 밤은 밤대로 낮은 낮대로
도저히 견딜 수가 없었다. 자다가도 벌떡 일어나기도 한

경우가 부지기수였다. 선거에서의 낙선은 그렇게 나를 철저히 좌절의 도가니에 빠뜨렸다.

뉴라이트 학부모 경남연합 창립대회(2007. 4. 18)

돌이켜보면, 공당의 시장 후보가 되어 공천장을 거머쥐었을 땐 내 정신이 아니었다. 몇 날 며칠 발이 땅에 닿지 않았던 것 같다. 한 이틀간은 전국에서 걸려 오는 축하 전화로 전화기를 손에서 내려놓지 못했다. 마치 시장에 당선되기라도 한 양이었다. 후보였던 나 자신은 물론 주변과 캠프 참모들은 자만에 빠져있었던 것도 사실이다. 그것이 얼마나 큰 환상이었고 자만이었고 착각이었는지를 깨닫는 데는 그리 멀지 않았다. 그 뒤에 다시 도전하려 하었지만, 나를 도우려고 한 공무원이 사소한 실수를 하는 바람에 '통신비밀보호법'에 저촉돼 발목이 잡혔다. 또 한 번 상처를 받고 말았다.

　그러다가 경남대 경영대학원 총동창회장을 맡아 사회에 봉사하기 시작하여 한국스카우트 경남 연맹장을 맡아 인맥을 늘리는 한편 정치학 박사학위를 취득하게 되었다. 그뿐만 아니라 그즈음 나를 결정적으로 일으켜 세운 건 바로 노래였고, 가수의 길이었다.

3부

새로운 꿈

도의원·정치학 박사 출신 '모델가수'

2015년 어릴 적 꿈꾸던 가수로 데뷔하며, 인생 이모작 새로운 출발을 시작했다. 50대 후반 늦깎이였지만 희망의 노래를 부르기에 결코 늦은 나이는 아니었다.

그로부터 10여 년이 지난 지금까지 1집 앨범에 수록된 '꿈의 노래'와 '별', 2집 앨범의 '밀양머슴아'와 '바래길', '인연이란', '남편', 3집 앨범의 '밀양머슴아 빅쇼(고속도로 트로트 메들리)', 4집 앨범의 '시골장날', 5집 앨범의 '여보 사랑해요' 등의 노래가 많은 이들에게 사랑을 받고 있다.

특히 어머니를 그리워하며 절절한 마음을 담은 '바래길'은 전국에 많은 팬을 낳는 애창곡이 되었다. 지금까지 KBS 〈아침마당〉과 〈생생투데이〉, MBC 〈가요베스트〉, MBC경남 〈경남아 사랑해〉, KNN 〈인물포커스〉 등의 TV방송과 KBS1 라디오, 서울·부산·대구 원음방송과 부산·창원 교통방송, MBC 경남 등 라디오 방송에도 활발히 출연하며 화재의 인물로 소개되었다.

감사하게도 내 노래를 원하는 행사장도 많아져 경남 특산물 박람회와 창원 남산상봉제, 마산 국화축제, 남해 멸치축제 등 많은 도내 행사에도 단골 가수로 출연했다. 2집 앨범 수록곡 '밀양머슴아'와 '바래길', '인연이란'은 금영 노래방과 태진 반주기에 등록되어 많은 사람들의 애창곡으로 불리고 있다.

하지만 뒤늦게 노래를 시작하고 목소리에 한계를 많이 느끼게 되었다. 그래서 생각한 것이 노래 훈련이다. 나는 가수 진성 씨를 잠시 지도하기도 한 김화정 선생님에게서 보컬 트레이닝을 받기도 했다. 그리고 대중가요 지도는 김상겸 선생님으로부터 지금도 받고 있다. 노래가 좋아 시작한 것이지만, 보다 완성도 있는 노래로 서민의 애환을 나누고 위로하고 싶은 마음에서다.

트로트의 많은 기교 중 꺾기와 뒤집기뿐 아니라 매너 면에서도 철저한 훈련으로 실력을 다지고 있다. 또 나만의 차별화를 주기 위해 '모델가수'라는 퍼스널브랜딩을 키워냈다. '모델가수'란 노래 전주나 간주가 나올 때 모델처럼 포즈를 취하는 나만의 차별화 전략이다.

자칫 지겨울 수 있는 간주 때 내가 보여주는 모델 포즈에 한층 더 즐거워하는 팬들을 보며 모델가수로서의 실력을 다지기 위해 지금도 많은 노력을 하고 있다.

전국 노래교실 투어 250여 곳을 누비고 다녔고 특히 코로나가 오자 유튜브 방송으로 전환이 되면서 전국 유튜브 방송 100여 군데에 초대받아 간 것 같다. 그리고 유튜브 방송 200여 곳에서 제 노래 '바래길'을 불러주고 있다. 또한 유튜브에는 '바래길'을 커버한 것도 600여 명이나 된다. 전국 노래교실을 다니면서는 오직 노래를 알리려는 홍보 욕심에 지칠 줄 모르고 어디든지 오라고 하면 달려갔다. 유튜브 방송에도 마찬가지다. 하루에 세 군데를 간 날도 있었다. 미친 듯이 최선을 다하면 언젠가는 알아주겠지, 하는 마음에 열정을 다 하고 있다.

매주 월요일 오후 2시에 진행하는 '박태희TV'라는 유튜브 방송은 구독자 3,300여 명을 기록하기도 했다. 2년간 유지하던 방송은 지금은 그만 둔 상태이다.

이렇듯 나의 노래에 대한 애정은 남다르다. 실력을 키우고, 부단히 노력하며 '모델가수 박태희'라는 사람을 알려왔다. 그간의 노력에 힘입어 지난 2018년에는 밀양아리랑아트센터에서 생애 첫 콘서트를 열었다. 무명 가수의 콘서트에 1,500여 명의 관객들이 찾아주었고, 많은 분들이 객석이 모자라 발길을 돌려야 했다.

　　가수로서의 내 도전은 말 그대로 '찐'이다. 지금도 나는 밀양사나이, 도의원 출신에 정치학박사 '박태희'가 아닌, '모델 가수 박태희'로 전국을 누비는 격정적인 인생 드라마를 써 내려가고 있다.

한양대학교 창원 한마음병원에서 김성한 힐링콘서트에 게스트로 출연한 후 행사를 마치고 하충식 이사장, 김성환 코미디언 겸 가수와 기념촬영

「바래길」에 담긴 사모곡

나와 노래는 떼려야 뗄 수 없는 관계다. 나는 초·중·고교 시절 육상도 좋아하였지만, 노래는 더 좋아했다. 그래서 중학교 시절에는 서울에 있는 예술고등학교에 진학하는 것이 원래 나의 꿈이었다. 가수가 되기 위해서였다. 그러나 요즘과는 완전히 다른 시대 상황이라 부모님은 그런 나의 꿈을 지지해주지 않았고, 오히려 반대했다.

나훈아 선생은 부산 사람이지만 서라벌 예고를 나왔는데, 나 역시 그렇게 하고 싶었던 심정이 간절했다. 나훈아 선생의 고교 후배가 되고 싶기도 했고, 가수로서도 그렇게 유명해지고 싶었다.

아이러니하게도 그 꿈은 내가 밀양시장 선거에서 패배하고 나서야 그 길로 들어서게 되었다. 패배라는 쓰라린 고통에서 끝없이 방황하고 있었을 때, 2015년 어느 날 문득 "아, 나의 꿈은 가수였지!" 하는 영감이 뇌리를 쳤다. 그렇게 해서 그해 첫 노래가 내 인생을 담은 「꿈의 노래」라는 곡이었다. 마침내 가수로 데뷔한 것이다. 이렇게 50대 후반에 늦깎이 가수가 되어 하루하루가 어떻게 지나가는지 모를 만큼 왕성한 활동을 하고 있다.

이렇게 하여 지금까지 1집 앨범(꿈의 노래, 별), 2집 앨범(밀양 머슴아, 바래길, 인연이란, 남편), 3집 앨범(밀양 머슴아 빅쇼-고속도로 트로트 메들리), 4집 앨범(시골장날), 5집 앨범(여보 사랑해요) 등 8개 곡을 발표하기에 이르렀다.

KBS 아침마당 출연(2016. 9. 29)

이렇게 8개의 신곡 가운데 대표곡으로 「바래길」을 꼽을 수 있는데, 그 사연은 이렇다. 2016년 KBS 아침마당 〈내 말 좀 들어봐〉라는 프로그램에 출연하기로 하였고 이날 「밀양 머슴아」라는 곡을 부르기로 돼 있었다. 그런데 바로 그날 새벽 어머니가 돌아가신 것이다. 「밀양 머슴아」를 부르기로 했다가 그날 어머니가 별세하셔서 「바래길」로 급히 바꾸어서 노래하게 되었던 것이다. 사모곡이 된 그 가사를 소개하면 이렇다.

우리 어머니 바래가네 에~에~/ 이 사람아 바람 불어 날은 궂은데/ 치맛자락 적시면서 뒤돌아보고/ 바래가신 어머니/ 금산 불공 자식 걱정/ 거친 손 호호 불다/ 울어주는 갈매기 나래 타고 가신 어머니/ 이제는 터벅터벅 그리움 젖어/ 걸어가는 남해 바래길…

어머니는 돌아가시기 전 한동안 요양병원에 계셨는데, 미리 녹음한 「바래길」을 들려주었을 때 정신이 혼미한 가운데서도 눈물을 흘리는 반응을 하셨다. 요양병원에서 어머니는 꺼져가는 등불과 같은 운명으로 계셨는데, 한평생 고생한 어머니의 일생과 유사한 점이 많은 가사라 그날따라 부르는 필자도 노래를 듣는 시청자도 숙연했던 기억이다.

　나는 앞으로 신명 나는 노래를 부르고 싶다. 웃음전문가 1급 자격증을 취득한 것도 같은 맥락에서다. 그 이유는 삶에 지쳐있는 사람들에게 자신감과 도전 정신을 드리고 싶어서이다. 나는 죽고 싶을 만큼 큰 아픔과 고통 속에서도 다시 일어섰고, 준비하면 언젠가는 기회가 온다는 믿음을 증명해 보이고 싶었다. 이제 나를 불러주는 곳이라면 어디라도 가서 희망의 전도사가 되고 싶은 것이다.

「바래길」과 남해

내가 2015년 가수로 데뷔한 뒤 지금까지 8곡을 발표하며 활동하고 있음은 전술한 바와 같으나, 그중 가장 인기를 끌고 있는 노래는 「바래길」이다. 가수 박태희를 대표하는 곡으로 부상한 것이다. 이 노래는 돌아가신 나의 모친과 깊은 관계가 있는 것도 앞서 이야기한 바와 같다.

그런데 세상의 어머니가 어찌 나 혼자만의 어머니로 국한할 수 있겠는가. 그 시대 어머니들이 한결같이 곡진한 삶 속에 하루도 자식 걱정하지 않은 날이 없었던 그런 삶이었다는 건 공통적이라 할 수 있다. 바로 이러한 공감대가 이 노래를 대표곡으로 우뚝 서게 한 것으로 풀이된다.

바래길은 경남 남해에서 유래되었다. 바닷물이 빠지면 조개, 미역, 고둥 등 해산물을 채취하였는데 이러한 행위를 토속적인 말로 '바래'라 한다. 이는 주로 어머니들의 몫이었다. 가족들의 생계유지는 물론 자식들 학자금을 마련하기 위해서였다. 그렇게 물이 빠진 바닷길이 바래길로 칭하게 된 것이다. 남해에는 곳곳에 바래길이 조성돼 있는데, 2020년부터 새롭게 리모델링한 남해 바래길은 총 263km로 본선 16개 코스와 지선 4개 코스로 조성돼 남해 전체를 순환할 수 있다. 격세지감인 것이다.

「바래길」은 최원태 선생이 작사하고, 김태재 선생이 작곡한 것인데 내가 먼저 알고 지낸 분은 김태재 선생이다. 모친이 요양병원에 계실 때 언제 하늘나라로 가실지 모르는 상황에서 어머니를 생각하며 이 곡을 받게 된 것이다. 그 뒤에 알게 되었지만, 이 곡의 노랫말은 남해에 살고 있는 최원태 선생이 그런 의미와 스토리를 담아 작사한 것이었다.

이 노래는 전국의 노래교실이나 유튜브, 가요제, 방송국 등에서 인기를 타고 있다. 그러다가 지난 2020년 10월엔 차트코리아 주간 성인가요계 TOP 100에서 30위에 랭크되기도 했다. 이 차트는 전국의 모든 공중파 방송 트로트 노래가 나오는 횟수를 모니터링한 것이다. 구수하면서도 어딘가 애달프게 들리는 '사모곡'으로 자리매김한 것으로 보인다.

이같이 「바래길」이 인기를 끌자 자연스레 남해 바래길과 보물섬 남해가 홍보되고 있다. 남해군의회 의원들과 남해 유지들 사이에서 "박태희 가수를 남해군 홍보대사로 위촉해야 하지 않느냐"는 이야기도 심심찮게 나오고 있다. 그도 그럴 것이, 내가 2022년 5월 밀양시 홍보대사로 위촉되기도 했다. 제2집 앨범의 「밀양머슴아」가 밀양을 홍보하는 데 크게 기여하고 있었던 때문이다.

밀양홍보대사 위촉식(2022. 5. 6)

　당시 밀양시 측은 홍보대사로 위촉하면서 "박태희 가수
는 방송 출연뿐만 아니라 유튜브로도 왕성한 활동을 하고
있으며, 평소에도 밀양을 홍보하는 데 크게 기여하고 있
다"면서 "앞으로 다양한 경험과 재능을 바탕으로 밀양시
의 문화, 예술, 관광, 농산물에 이르기까지 대외적으로 널
리 홍보활동을 펼칠 것으로 기대한다"고 밝혔다.

가수로서 박태희?

가끔씩 나는 내가 어떤 가수일까를 생각해 본다. 나는 어떤 특징을 가진 가수일까. 한 가지 분명한 것은, 비록 늦깎이 가수이긴 해도 세상에 있으나 마나 하는 그런 가수라는 평가를 듣지 않기 위해 무던히 노력해 왔다는 사실이다.

내 이름 석 자 앞에는 정치학 박사, 교육위원, 도의원, 시장 출마자, 건설회사 회장, 한국스카우트 경남 연맹장 등 수많은 수식어가 붙어 다닌다. 내가 이런 타이틀을 훈장으로 삼기 위해 일부러 살아온 건 아니지만, 내 삶이 그러했던 건만은 부인할 수 없는 사실이다. 그렇다면 가수로서 박태희란? 내 스스로 냉정하게 자문해 보지 않을 수 없는 것이다.

　우선 나는 모델 가수를 지향한다. 전주가 나올 때 가벼운 춤을 추거나 그냥 서 있는 것이 아니라 워킹을 하며 모델 포즈를 취한다. 모델로서 전문성을 겸비하기 위해 부산 모 대학 모델학과를 다니며 공부했다. 나만의 캐릭터를 구축하기 위한 전략인 것이다.

KBS 아침마당 출연 후 시상식 장면(2016. 9. 29)

　밀양 출신인 내가 가수로 데뷔하려 하였을 때, 가장 큰 걸림돌은 경상도 사투리였다. 경상도 출신 아나운서나 방송기자가 칫솔을 물고 발음교정을 한다는 말을 듣곤 하였지만, 그 일이 내 앞에 닥칠 줄은 몰랐다. 나는 사투리 교정을 위해 무려 4년간에 걸쳐 주 2회 서울을 오가며 혹독한 보컬 트레이닝을 받았다. 음의 고저와 장단에 대한 창법을 배운 것이다. 그뿐만 아니라 판소리 전문가에게도 찾아가 보컬 트레이닝을 받으며 가사 전달력을 높였다. 이와 같이 진정한 프로가 되기 위해 피나는 노력을 게을리하지 않았다.

그 결과, 트로트 스타일에 록이 가미된 새로운 장르를 구사하고 있다는 평을 듣기도 한다. 인생이 묻어나는 절절한 가사에 열정적인 보컬 스타일까지 더해져 듣는 이들이 노래에 몰입하게 된다는 것이다. 기존의 창법과 확연하게 달라진 것이다. 어떤 부분에서는 폭발적인 고음으로, 또 어떤 부분에서는 힘을 빼고 절제하는 듯 무겁지 않게 불러, 듣는 이에게 부담을 주지 않으면서 동시에 따스한 느낌으로 스며들게 한다. 이를테면 「밀양 머슴아」라는 곡은 도입부에서 속삭이듯 불러 듣자마자 매력에 빠지는데, 그런 가운데 클라이맥스로 치닫는 부분에서는 폭발적인 가창력을 구사하되 전혀 부담스럽지 않게 특유의 가창력을 느낄 수 있다고 많은 전문가들이 귀띔해 주었다.

또 다른 한 가지는, 금방 달아나 버리는 도시적 음색이 아니라 삶의 깊이에서 올라오는 구수한 음색을 가지고 있다는 것이다. 이는 늦깎이 가수로 데뷔하는 동안 50여 년이란 인생의 단맛과 쓴맛 등 연륜과 경륜이 쌓여 그로부터 솟아 나오는 결과가 아닐까 스스로 생각해 본다.

예컨대 「바래길」 같은 곡은 돌아가신 어머니와 많은 사연이 담긴 노래인데, 그 시대 한국의 여인이라면 다 그렇듯 곡진한 어머니의 삶과 자식 된 입장에서의 그리움, 못다 한 효심 등이 얽히고설키다 보니 호소력이 짙어지는게 아닌가 생각하게 된다. 나는 창의적인 가수, 개성 있는가수, 진정한 프로가 되기 위해 오늘도 무한한 자유의 세계에 나를 내던진다.

녹음실에서 녹음 연습 중

영광의 순간들

　'당근과 채찍'이란 말이 있듯이, 상을 받으면 기분이 좋고 비판을 받으면 기분이 나쁜 건 인지상정이다. 영광스러운 수상의 순간은 그만큼 사람을 성숙하게 하는 것 같다. 내게도 잊지 못할 그런 순간들이 있어 그때를 떠올리면 기분이 달뜬다.

　가장 최근의 수상은, 2022년 3월이다. 연예예술 발전 공로를 인정받아 한국예총 회장상을 수상한 것이다. 평소 대한민국 예술문화 발전에 앞장서 왔으며 타의 모범이 되는 활동이 인정되어 상을 받게 되었다. 사실 나의 수상은 남다른 이력, 열정, 끊임없는 봉사, 도전 정신의 결과로 받아들였다.

　2015년 1집 앨범 「꿈의 노래」, 「별」이란 노래로 늦깎이 가수로 데뷔한 뒤 7년여 만에 중견 스타 가수로 자리매김했다는 평을 받은 것이다. 앨범도 여러 차례 발표했고, 2018년에는 고향 밀양에서 단독 콘서트가 개최하기도 하였다.

그뿐만 아니라 경남 특산물 박람회, 창원 남산 상봉제, 마산 국화축제, 남해 멸치 축제, 창녕 남지 유채꽃 축제, 밀양 아리랑 대축제, 경남 도민의 날 축제 등 경남도 내 여러 행사에 단골로 출연했다. 그 결과 「밀양머슴아」, 「바래

길」, 「인연이란」이 노래방 금영, 태진 반주기에 등록돼 사람들의 애창곡으로 인기다. 또한 전국 150여 곳의 노래교실에서도 초청 문의가 끊이질 않고 있는 상황이다. 최근에는 유튜브 방송에도 왕성한 활동을 하고 있다.

이에 2011년 (사)한국 방송가수 연합회에서 주관하는 제2회 한국방송가수대상에서 신인가수상과 대한민국 사회봉사 부문 인물 대상을, 2021년에는 대한민국 다문화 예술 대상(가요 부분)을 수상했고 이외에도 동아연합신문사(일본) 가수 대상, (사)한국방송가수연합회 가수 대상식에서 우수 가수상을 받았다. 나의 이런 수상 이력은 피나는 노력, 끊임없는 소통, 중단 없는 봉사 활동, 지칠 줄 모르는 도전 정신에 있다고 스스로 생각한다. 나는 이러한 선물에 보답하기 위해 앞으로도 봉사 정신과 노력을 아끼지 않을 각오이다.

또 하나 잊히지 않는 수상은, 2019년 한국을 빛낸 자랑스러운 한국인 대상 시상식에서 '가요발전 공로대상'을 수상한 일이다. 이 상을 받게 된 배경은, 평소 충과 효, 봉사와 선행 등에서 각별한 사명감과 대한민국 문화예술의 우수성을 국내외에 널리 알리기 위해 노력한 결과가 아닌가 한다.

솔직히 상을 받으면 마냥 기분이 좋기만 한 것은 아니다. 그만큼 무거운 책임감도 느끼기 때문이다. 그래서 마련한 것 중 하나가 내 이름을 건 제1·2회 노래 경연대회이다. 상을 받는 사람에서 상을 주는 사람으로 전환한 것이다. 노래 경연대회에서 입상하면 가수로 데뷔하는 자격을 부여한다. 그뿐만 아니라 참가자들이 경기도, 강원도, 충청도 등 원거리 출신도 많아 일일이 여비도 지급하고 있는 것이 또 하나의 특징이다.

제2회 콘서트(2024. 11. 5)

이 모든 것이 내가 받은 대중의 사랑을 그대도 돌려주자는 취지에서 시작하였는데, 사실 가장 보람되고 큰 행복을 느끼는 사람은 바로 나 자신이다. 이와 같이 박태희 노래 경연대회는 참가자들에게 예심 때 등록비를 받지 않는 등 부담을 주지 않고, 본심 때는 오히려 여비를 지급하여 큰 호응을 얻었다. 이것은 참가자의 부담을 줄이면서 건전한 노래 문화가 정착하도록 하는 데 기여하자는 취지이다.

'가수 박태희 노래 경연대회'

가수의 꿈을 이루고 앨범을 발표하며 전국 팬들에게 노래 '바래길'과 '인연이란'이 큰 사랑을 받게 되었다. 금영과 태진 노래방에서 애창곡으로 불리며 저작권료라는 것도 받게 되고, 각 지역의 가수들이 내 노래를 불러 유튜브로 방영되는 일도 잦아졌다. 그런 전국적 규모의 사랑에 힘입어 가수로서 자리를 잡게 되니, 무명으로 가수의 꿈을 키우는 사람들을 돕고 싶다는 소망이 내 속에서 꿈틀거렸다. 그래서 생각해 낸 것이 '가수 박태희 노래 경연대회'다.

제1회 가수 박태희 노래 경연대회는 '바래길'과 '인연이란' 2곡 중 한 곡을 선택해 부르게 해, 예심을 통과하는 사람에게 본선 진출의 기회를 주었다. 그리고 본선 진출자 가운데 대상과 최우수상, 우수상, 장려상, 인기상을 선정해, 시상과 함께 가수 인증서를 주었다.

제1회 가수 박태희 노래 경연대회(2022. 6. 19)

　　이 모든 것은 지방 출신 가수로서의 어려움을 누구보다도 잘 알고 있기에, 가수를 꿈꾸는 그분들에게 조금이라도 도움이 되고 싶은 마음에서 출발했다.

　　행사는 감사하게도 한국 연예예술인 총연합회 부산광역시 안규성 지회장과 한국대중음악인연합회 신상호 회장 등 관계자의 후원과 지지가 있어 가능했다. 특히 심산서울병원 김정기 이사장의 도움과 결단으로 내 이름과 노래를 건 경연대회를 펼칠 결심을 하게 되었다. 이 자서전을 통해 고마운 분들에게 머리 숙여 깊은 감사와 존경을 표한다.

'제1회 가수 박태희 노래 경연대회'는 김해 남명 아트홀에서 열렸다. 대상은 '바래길'을 구성지게 불러 심사위원과 관객들을 감동시킨 손세운(부산) 씨가 차지했다. 행사 후 '가수 박태희 노래 경연대회'가 가수 지망생의 등룡길로 소문이 나면서, 2023년 '제2회 박태희 노래 경연대회'에서는 더욱 많은 사람들이 몰려들었다. 서울, 강릉, 인천, 부천, 대전, 광주, 천안, 청주, 대구, 경주, 부산, 진주, 창원 등 전국 각지에서 골고루 참가했다.

특히 2023년은 밀양 방문의 해로, 밀양 홍보대사인 내게는 매우 뜻깊은 해다. 그래서 밀양 홍보에 일익을 담당하자는 취지로 밀양 아리랑센터에서 대회를 열었다. 경연은 대표곡 '바래길'과 '인연이란', '시골장날' 3곡으로 정했다.

2회 대회에서는 전국 27명의 예선 통과자의 열띤 경연이 펼쳐졌다. 치열한 경쟁 끝에 총 7명의 우승자가 상금과 가수 인증서를 거머쥐었다. 영예의 대상은 '바래길'에 랩을 섞어 부른 김형호(서울) 씨가 차지했다. 이날 지난해 수상자인 손세운 가수와 이유찬, 남해영 가수가 깜짝 출연해, 선배로서 훈훈한 응원의 무대를 펼쳤다.

나는 이 노래 경연을 통해 가수를 꿈꾸는 수많은 지망생의 가수 등용문을 넓히고 싶다. 요즘 TV에서는 오디션 프로가 선풍적인 인기다. 비록 작은 힘이지만, 내가 펼치는 경연대회를 통해 늦깎이로 꿈을 향해 도전하는 많은 사람들이 그 꿈을 이루기를 꿈꾼다. 그리고 서로가 서로를 응원하며, 따뜻한 무대에서 함께 노래하고 싶다.

제2회 가수 박태희 노래 경연대회 참가자와 함께(2023. 6. 18)

모델가수 박태희, 런웨이에 서다

대한민국에서는 독보적인 모델가수로서의 첫걸음이 김해 패션쇼장에서 펼쳐졌다. 유명 연예인의 협찬 의상을 전문으로 디자인·제작하는 최우철 디자이너의 런웨이에 초청받은 것이다. 지금까지 모델가수로서 많은 무대에 섰지만, 전문 시니어모델로서 초청까지 받는 것은 이례적인 일이었다. 다행히 나는 모델 수업을 받은 경험이 있었기 때문에, 큰 무리 없이 런웨이의 워킹을 해낼 수 있었다.

이 패션쇼 준비를 하며, 디자이너 의상을 착용하고는 '과연 옷이란 날개구나' 하는 느낌을 받았다. 같은 천으로 만든 옷도 디자이너의 감성에 따라 달리 표현되는 게 신기하기만 했다. 더 놀라운 것은 작품을 착용하면 어느새 나도 모델로서의 마음가짐으로 변해 있다는 것이다. 최고의 작품을 입었으니, '내가 프로답게 멋지게 표현해내리

감동의 패션쇼 런웨이 화보촬영 (2024. 3. 10)

라'는 결심이 섰다. 의상 하나하나가 마치 프로메테우스나 제우스가 된 듯한 이미지를 자아냈다. 부족하지만 내가 가진 장점인 큰 키와 미소, 당당한 워킹으로 최고의 무대를 표현해낼 수 있으리라 믿어졌다. 사실 첫 무대에서 그런 배짱이 어디서 나왔는지, 지금 생각하면 웃음이 묻어나기도 한다.

많은 모델들과 패션쇼 런웨이에 오를 때 가슴이 몹시 두근거렸다. 이 나이에도 이런 떨림이 있다는 것이 놀라울 지경이었다. 내 첫 런웨이는 기억도 잘 나지 않을 정도로 눈 깜짝할 새 지나갔다. 사실 너무 떨려 이런저런 생각을 할 겨를이 없었다는 것이 맞을 것이다. 나중 지인들이 찍어준 동영상을 통해, 당당하게 걷는 내 모습을 확인할 수 있었다. 동영상 속 나는 활짝 웃으며 진심으로 무대를 즐기는 모습이었다. 이런 것이 천직이라고 했던가. 첫 워킹을 페이스북에 올리며 팬들의 반응이 몹시 궁금했다.

패션쇼에 선 후 놀라운 것은 모델 가수 박태희라는 퍼스널 브랜드의 인기가, SNS를 통해 더욱 드높아졌다는 것이다. 주위 많은 팬들이 "너무 멋지다.", "응원한다."는 메시지를 보내왔다. 런웨이 위의 발걸음은 나를 더욱 파워풀하게 만들었다. 패션쇼 참여는 진정한 모델가수로서의 숙원사업이기도 하였고, 나의 또 다른 도전이기도 했다. 가족들도 늦깎이 가수로 활발히 활동하고 있는 아버지의 화려한 도전에 박수를 보내왔다. 많은 시니어 모델들과 어울리며 예술적 영감을 떠올리고 자유를 느꼈다.

한때 정치라는 거친 세계에서 치열하게 싸운 나는 영화 〈300〉의 전투사처럼 고독한 길을 걸어왔었다. 섬김을 업으로 여기고 살아온 삶 속에, 불쑥 침투해 온 방해 공작과 날조된 진실에 고통이 극심했었다. 그런 아픔의 날이 마침내 지나고, 나는 화려한 조명을 받으며 런웨이에서 디자이너의 패션을 선보이는 진정한 모델로서 우뚝 솟아 있다. 참으로 사람의 삶은 알 수 없는 것이란 생각이 든다. 무뚝뚝하지만 의리 있는 친구의 "다 지나간다더라… 곧 이겨낼 거다…"란 조언처럼 결국 나는 다 이겨내고, 내 꿈을 향해 나아가고 있다. 백세 시대를 사는 나는 오늘도 찬란한 청년의 꿈으로 나아가고 있다.

고마운 은인, 김정기 후원회 회장
– 의리의 사나이, 박태희를 말하다

Q 박태희 모델가수의 후원회 회장님으로 큰 도움을 주고 계시다고 들었습니다. 자신 소개를 간단히 부탁드립니다.

A 저는 창원시 의창구 평산로 96 팔용동 웰빙프라자 5, 6층에 위치한 심산서울병원을 설립·운영하고 있는 김정기라고 합니다. 1988년 건설기계정비업체인 '경성중기'를 설립한 것을 시작으로 2012년에는 영남지역 최대 규모의 도심 속 휴식공간인 '심산유곡'이란 찜질방을 운영하였습니다. 1997년 '한진종합중기', 2007년엔 '한진퓨텍'을 설립하고, 2021년 5월 '승헌의료재단 심산서울병원을 설립·운영하고 있습니다.

Q 김정기 후원회 회장님의 사업적 비전이 궁금합니다.

A 창원에 위치한 저희 심산서울병원은 경남지역에 암
전문 의료서비스를 제공하는 것이 대표적인 일입니
다. 전문의와 간호 인력이 24시간 고주파 온열치료
와 한방진료로 환자를 돕고, 의료진이 양·한방 협진
진료체계로 차별화된 전문 진료를 제공합니다. 매출
의 1%는 사회에 환원한다는 결심으로 진심을 다해
병원을 경영하며, 의료서비스 뿐 아니라 사회기부와
봉사에도 활발한 활동을 하고 있습니다.

Q 박태희 모델가수와는 어떻게 인연을 맺게 되었나요?
(김정기 후원회 회장은 박태희 모델가수를 회장님으로
지칭함)

A 박태희 회장님이 밀양시장 선거에 실패하시고, 경남
대학교 총동창회 회장을 맡은 적이 있습니다. 그때
저가 경남대학교 AMP과정의 학생회장을 역임하며
서로 인연을 맺었습니다. 그때, 박 회장님이 후배들
을 격려하고 부탁도 열심히 들어주시는 모습이 인상
깊었습니다. 서로가 서로에 대한 신뢰와 믿음을 가지
며 관계가 시작된 거죠.

Q 첫인상은 어떠했나요?

A 50대 초반에 한창 때인지라 아주 훤칠하게 잘 생긴 분이었습니다. 남자가 봐도 참 멋지다, 이런 멋진 사람 옆에 있는 나도 멋지게 느껴진다… 그런 느낌이 들었습니다. 어떤 자리에 가도 항상 빛나는 분이셨죠. 물론 지금도 마찬가지로 멋진 분이시지만요…. (웃음)

Q 언제부터 후원회 회장직을 맡게 되었나요?

A 박 회장님이 가수 생활을 시작한 10여 년 전부터로 기억합니다. 원래 굉장히 친한 사이라 저도 돕고 싶었습니다.

Q 박태희 모델가수를 도우며 보람을 느낀 적이 있다면 언제인가요?

A 박태희 노래 경연대회가 개최될 때 서포트 해주며, 가수의 꿈을 가진 인재를 발굴하고 역량 있는 지역 가수를 돕는 회장님의 모습에 감명을 받았습니다.

전국에서 몰려온 가수 지망자와 무명가수에게 큰 힘이 되는 대회라고 생각됩니다. 앞으로도 꾸준히 박태희 노래 경연대회가 지속되기를 바랍니다.

Q 마지막으로, '박태희 모델가수는 ○○○다' 정의를 내려본다면요?

A '박태희 회장님은 주위 사람을 행복하게 해주는 긍정 에너지다.'라고 하면 가장 맞을 것 같네요. 저가 지금까지 박태희 회장님을 오랫동안 만났지만, 남을 비방한다든지 부정적인 말을 하시는 것을 본 적이 없었습니다. 그런 긍정적 사고가 지금의 박태희 회장님을 만든 원동력이라는 생각이 듭니다. 도전의식을 가지고, 어떠한 장애물에도 좌절하지 않고 이겨내는 박태희 회장님의 정신력을 높이 삽니다.

※ 본 글은 백남경 전 부산일보 본부장과 박경아 전 경남매일 기자가, 김정기 후원회장과의 대화를 각색하여 인터뷰 형식으로 재작성한 글입니다.

【김정기 회장의 주요 약력】

· 창원대학교 졸업

· 북한대학원대학교 수료

· 경남대 명예경영학 박사

· 대한건설기계협회 경남도회장

· 한진종합중기 대표이사

· 한진퓨텍 대표이사

· 심산유곡 대표이사

· 심산서울병원 이사장

· 대한건설기계협회 부회장

· 창원라이온스클럽 회장

· 국제라이온스협회 355-C지구 총재

· MBC경남, KNN 방송자문위원

· 대통령 표창

· 경남도지사, 창원시장 표창 10회

잊을 수 없는 베를린 콘서트

2024년 12월에는 내게 잊을 수 없는 공연이 있었다. 그해 마지막 달 21일 독일 베를린한인회 초청 공연이 바로 그것이다. 최근 콘서트(2회), 디너쇼(2회), 노래 경연대회(2회)를 개최해 큰 호응을 받았지만, 베를린한인회 초청 공연은 그야말로 특별한 행사였다.

그날 행사는 베를린한인회 주최 '2024 송년 문화의 밤'에서 메인 콘서트로 3시간 동안 진행됐다. 장소는 1000년 된 유서 깊은 유적지 '치타델리성'에서였다. 150여 명 파독 간호사와 광부 등 교민들이 참석했다. 그 가운데는 남〇〇 독일대사, 정성규 재독일 총연합회장, 박명희 재독일 간호사협회장, 명〇〇 영사, 이영기 베를린한인회장 등이 자리를 함께했다.

이 자리에서 감사장까지 받은 나는 '바래길'과 '인연이란' 등 내 노래를 포함하여 20여 곡을 메들리로 불렀다. 노래하고 춤추고 식사하며 혼연일체가 됐던 것이다. 이날 공사석에서 "매년 와주세요, 베를린뿐만 아니라 프랑크푸르트 등 여러 한인회에 순회공연을 해주시면 안 될까요?" 하는 말들도 나왔다.

베를린 한인회 송년의 밤 초청공연(2024. 12. 21)

이 콘서트는 이영기 베를린한인회장의 초청으로 이뤄졌다. 특히 베를린에서 발행하는 한인회보에 '가수 박태희 특별콘서트 출연'이라는 제목으로 대대적으로 홍보를 해줘 감동적이었다. 15시간 비행기를 타고 베를린에 도착, 한인회관에서 차담회를 하는 강행군을 했지만, 감사하는 마음에 몸이 피곤한 줄도 몰랐다.

그분들이 1960년대 초 간호사나 광부로 독일 땅을 밟았을 때는 스무 살이 채 못되었다. 하지만 지금은 세월이 흘러 작아도 70대 중후반이다. 가족과 조국을 위해 봉사와 희생을 하다 보니 어느새 이렇게 세월이 훌쩍 달아나 버린 것이다. '흐르는 물에는 두 번 발을 담글 수 없다'는 말이 있듯이 한 번 흘러간 시간은 되돌릴 수가 없는 것이다.

고향이 그리워 고국을 찾기도 하지만, 그때의 부모님은 안 계시고 반기는 친구도 이웃도 없으며, 형제자매가 있어도 먹고살기에 바빠 도긴개긴이다. 해서 이들은 독일에 머물면서 교인끼리 자주 만나 외로움과 쓸쓸함을 달래며 살아간다. 이들은 나이상 나보다 한 터울 위 인생 선배들이라 동시대의 정서를 같이할 수 있었다. 이날 공연에서 그분들의 이러한 외로움과 쓸쓸함을 잠시나마 달래줄 수 있었던 것 같아 뿌듯함을 느낄 수 있었다.

오늘날 대한민국은 세계 10위 경제 대국으로 성장했다. 케이팝을 비롯한 케이 문화가 전 세계로 뻗어나가고 있다. 이는 그분들이 가족을 위해 희생했고 그 희생이 가족과 대한민국 근대화의 주춧돌이 되었다. 이들의 희생 위에 오늘날 대한민국의 위상이 있다는 걸 잊어선 안 될 것이다. 이런 맥락에서 나는 그날 인사말을 통해 "대한민국의 이러한 파워는 바로 여러분들의 땀과 눈물의 결실"이라고 강조하며 고마움을 표시했다.

역사의 물결을 거슬러 가보면 1963년 12월 27일부터 1977년 12월 31일까지 1만 9,000여 명의 광부와 간호사들이 독일에 들어갔다. 이들의 노고는 대한민국 경제 건설의 든든한 버팀목으로써 조국 근대화의 초석이 되었다. 이들이 벌어들인 외화는 연간 5,000만 달러로 당시 국내 총생산(GDP)의 2%를 차지(추정)할 정도였다.

나는 앞으로 독일뿐만 아니라 세계 어디든 초청이 오면 조금이나마 위로드리고 싶어 즐거운 마음으로 달려갈 생각이다.

4부

인생 이모작

인생 2모작이 더 소중한 까닭

지금 우리는 희한한 시대에 살고 있다. 젊은이들이 취직을 못 하거나 취직자리가 있더라도 시시한 직장엔 거들떠보지도 않는다. 차라리 부모님한테 빌붙어서 살아가고 있는 경우가 상당수에 이른다. 게다가 결혼에는 별 관심이 없고 결혼을 하더라도 아이를 낳아 키울 생각은 안중에도 없다. 그렇다 보니 세계에서 출산율이 가장 낮은 국가로 랭크돼 있다.

2023년 12월 통계청에서 발표한 〈장래 인구 추계 : 2022~2072년〉 자료에 따르면 총 인구가 2022년 5,167만 명에서 2072년 3,622만 명으로 약 30% 감소할 전망이다. 이렇게 되면 지방의 소멸화는 심화되고, 젊은이보다 늙은이가 많은 기형적인 사회구조가 될 수밖에 없다. 흔히 100세 시대라고 하는데, 개인마다 다르겠지만 건강

수명을 80세로 잡았을 때 은퇴 이후의 삶은 매우 소중한 것이다. 직장에서 60세에 은퇴하더라도 자그마치 20년은 더 사회활동을 하지 않으면 안 된다는 이야기다. 저출산 문제는 국가 차원에서 풀어가야 할 과제이지만, 개인적으로는 한 살이라도 더, 건강하게, 살 만큼 사는 게 인간의 욕망이다. 이것은 권리이기도 하다.

KNN 생방송투데이 인물포커스 출연(2018. 11. 5)

러시아의 대문호 톨스토이는 인생에서 가장 중요한 시기는 지금 현재이고 가장 소중한 사람은 지금 현재 마주하고 있는 사람이라고 했다. 60~70대의 삶을 40~50대보다 덜 중요하다고 할 수 있겠나? 하는 것이다. 인생을 시제 상 과거-현재-미래로 구분할 때 과거도 소중하지만 가장 중요한 것은 현재다. 20대의 현재, 30대의 현재, 40대의 현재, 50대의 현재가 있지만 그 나이 이후의 현재가 그때의 현재보다 덜 중요하다고 할 수 있겠는가? 이렇게 따지고 보면 하루하루가 금싸라기 같고 매일 매일이 보석 같은 것이다.

내가 50대 후반 늦깎이 가수로 데뷔한 이후 절실히 느끼는 것도, 마찬가지이다. 똑같은 노래를 부를지라도 과거 다르고 지금 다르지만, 소중한 것으로 치면 바로 지금 현재다. 지금 현재가 산 정상이고 활짝 핀 꽃봉오리이고 포물선의 꼭짓점인 것이다. 시작이 있으면 끝이 있어야 하고, 준비가 있으면 마무리가 있어야 하고, 씨를 뿌렸으면 수확해야 하는 법이다.

어찌 보면 끝마무리가 더 중요하다고 할 수 있다. 만약에 내가 밀양시장 선거에서 패배한 일로 좌절과 실의에 빠진 나머지, 아니할 말로 극단적인 선택이라도 했다고 치자. 그것은 죽도 아니고 밥도 아니고 누룽지도 아니다. 그것은 개인적으로 엄청난 불행이기도 하지만, 사회적으로도 매우 좋지 않은 선례를 남기는 것으로 대단히 바람직하지 않은 일이다.

중요한 것은 극복이다. 좌절에 빠졌을 때 극복하지 못하면 아름다운 마무리는 있을 수 없다. 나를 지지하고 응원했던 사람들, 대놓고 마음의 표현은 하지 않았지만 묵묵히 지켜보았던 불특정 다수 시민들은 어찌할 것인가. 선거는 민주주의 여러 가지 절차, 방법, 수단 가운데 한 가지일 뿐이다. 선거에서 가장 중요한 것은 게임의 룰이다. 그런 룰과 심판에 승복할 수 없는 부분이 있었지만, 그래서 너무나 억울하지만, 그래도 어쩌겠나. 패배를 받아들이는 것도 민주주의 한 부분이다. 승리해서 자만에 빠지는 것보다 패배를 딛고 일어서는 모습이 훨씬 아름답고 바람직하지 않겠는가.

내가 밀양시장이 되고자 했던 게, 내 개인의 입신양명에 있지 않다고 호언장담하지는 못하지만, 그럼에도 불구하고 고향 밀양 발전을 위해 봉사하고 헌신하겠다는 마음이 더 컸다는 건 부인할 수 없는 고백이다. 내가 노래를 부를 때 청중들로부터 날아오는 우레와 같은 박수 소리 속에서 내 안에 묻힌 무의식 세계의 솔직한 한 단면이다. 그러니까 시민을 위해 봉사하는 일은, 사회를 위해 봉사하는 일은, 한 가지 길뿐만이 아니고 너무나 다양한 길이 있다. 나는 그런 마음으로 오늘도 노래한다. 듣는 이들이 잠

시라도 위로받고, 그래서 작은 희망의 불씨 하나 손에 쥘
수 있다면 그것으로 족한 것이다.

　지금 이야기는 아니지만 초보 무명 가수 시절 알게 모
르게 방송국, 노래교실, 행사장 등지로부터 무시당할 때
그 상심은 당장 그만두었으면 하는 심정은 한두 번이 아
니었다. 그러나 이런 수련과 단련의 과정을 거쳐 견뎌냈
을 때 비로소 무명에서 벗어날 수 있다는 사실을 깨닫게
되었다.

지도자의 덕목은 무엇인가

나는 스카우트 출신이다. 또래끼리 야영을 하거나 봉사 활동을 펼치고 운동경기도 하며 청소년기를 보냈다. 스카우트에 몸담으며 가장 많이 배운 것은 '협동'과 '봉사'다. 당시 스카우트 단원들은 '함께'라는 가치를 배우고, 서로가 서로에게 지렛대 역할을 하는 상생 관계를 유지했다.

공동체 생활을 중시하다 보니, 피치 못할 사정으로 개인의 희생이 따르는 경우도 있고, 마음이 상하는 일도 생겼었다. 그러면서 우리는 진정한 공동의 가치에 대해 어렴풋이나마 깨달을 수 있었다. 스카우트의 단결은 거저 얻어지는 것이 아니다. '훈련'을 통해 얻게 된다. 한마디로 삶의 자세를 바꾸는 루틴이 주어지는 것이다.

학창 시절 당시 대대장(학생 대표)을 지내고, 보이스카우트에서 경험과 훈련을 하며, 나는 지도자에 대한 철학을 갖게 됐다. 어느 단체든지 항상 지도자는 존재하기 나름이다. 좋은 지도자가 이끄는 단체는 그 모임을 화합시키고 미래를 준비하며 발전한다.

지도자는 미래의 청사진을 제시하고 기준을 공고히 한다. 나는 밀양 육상 후원회 회장과 한국스카우트 밀양지부 위원장, 밀양시 태권도협회장, 건설업 회장, 도의원, 교수 등 수많은 중책을 맡아왔다. 그리고 어떤 자리에서도 역할을 등한시하거나, 책임을 회피한 적이 없다.

라오스 어린이학교 봉사활동(2014. 1. 24)

내 아버지의 가르침인 '신의'를 굳게 지켜나가고, 스카우트에서 행동 패턴으로 고착화 된 '리더십적 행동과 사고'를 내 삶에 접목시켰다. 그리고 여러 사람을 아우르는데, 카리스마도 중요하지만, 인내와 겸손도 크게 좌우한다는 것을 체득했다.

요즘 많은 사람들이 "쯧쯧쯧, 요즘 애들은…"이라고 말하는 것을 듣게 된다. 어느 세대에서나 '요즘 애들'은 존재했고, 어르신들의 노여움을 샀었다. 그렇다고 그 요즘 애들이 지금 중년이 되어 망나니 삶을 사는 것은 아니지 않은가?

청소년기에 호르몬 변화와 자아 찾기 과정에서 오는 잠시의 방황을, 우리는 따뜻한 시선으로 바라봐 주어야 한다. 어른들이 믿어주고 기다려주면, 대부분의 아이들은 자기 자리로 되돌아오게 마련이다. 진정한 자아를 찾아가는 행로에서 주변인이 동반자가 되어주고, 대화 상대로서 들어주기만 해도 아이들은 훨씬 더 빨리 제 자리로 되돌아온다.

나는 칼 로저스의 인본주의 이론에 전적으로 동감한다. 청소년기에는 특히 더 그렇겠지만, 존재에 대한 강한 신뢰는 자율성이라는 축복의 선물을 남긴다. 그리고 부모나

선생님, 주변인의 신뢰와 사랑은 한 인격체가 커서 사회
에서 자신의 몫을 훌륭히 해내는 밑거름이 된다.

진정한 지도자는 이러한 선순환을 이끄는 자가 아니겠
는가. 어떤 조직이든지, 믿어주고 모범을 보이는 지도자
를 사람들은 존경하고 따른다. 그래서 나는 '요즘 애들'을
지지한다. 그들이 커서 멋진 지도자로 훌륭한 삶을 살아
가기를 열렬히 응원한다.

자서전 출판의 기억

나는 2008년 7월 『밀양은 항상 나를 꿈꾸게 한다』라는 자서전을 출판했다. 그 뒤 이번에 이렇게 제2집 자서전을 출판할 줄은 몰랐는데, 결과적으로는 그것이 제1집 자서전이었던 것이다. 지난날의 일들을 되돌아보고 앞으로 나아갈 방향을 정립하기 위해서였다. 밀양시장 선거에서 낙선한 것이 2006년 5월이었으니까 그로부터 2년 2개월이 경과한 뒤에 한 권의 책을 출판한 것이다. 책의 성격이 자서전인 데다 선거에서 패배한 실패와 좌절, 오해와 억울함, 선거제도와 지방자치, 그리고 학업과 사회봉사 활동을 시작하면서 희망의 길로 들어서는 일대기가 주된 내용이었다. 결국 미진한 것을 성찰하고 반성할 것들을 정리하고 새로운 각오를 다짐하기 위한 것이었다.

이 책의 구체적인 구성은 이렇다. 모두 321쪽에 8장으로 구성돼 있는데, 1장은 〈나를 돌아본다〉라는 타이틀이다. 내가 겪으며 지나온 날들을 진솔하게 털어놓고, 초심의 마음으로 매진한다는 의지를 담았다. 건재상과 건설사를 이끌며 역경을 헤쳐온 과정, 평소 존경하는 사람과 주위의 잊지 못할 사람들, 지금 하는 일들을 소개했다.

2장은 〈춤추는 마타도어〉라는 타이틀인데, 밀양시장에 출마해 악성루머로 인해 낙선의 고비를 겪었던 시절을 돌아보는 내용이다. 비록 사후약방문이긴 하나 해명할 것은 해명하고 알릴 건 알리고 반성할 건 반성한다는 진솔한 내용을 담았다.

3장은 〈내일을 가꾸는 마음으로〉이란 타이틀인데, 우리의 내일은 오늘의 청소년 교육에 달렸다는 신념과 함께 정열을 불태웠던 교육위원과 경남도의원 시절 겪었던 일들을 회상했다. 4장은 〈더불어 사는 사회를 위하여〉라는 타이틀인데 경남도의회 의원 시절 농민에게 가장 절실한 문제였던 농작물재해보험, 로열티 문제, 도로 개설, 학교급식 문제 등 평소에 관심을 가지고 일해 온 당시의 일들을 정리했다.

이밖에 5장은 〈함께하는 세상〉인데 전국 최초로 경찰서 대용감방 수감자 생일 케이크를 전달해 화제를 모았던 일, 밀양 육상후원회 창립, 일일 우체국장과 봉사활동을 펼치면서 느꼈던 일 등을 되돌아보았다.

6장은 〈날 좀 보소〉로 잘 사는 도시 밀양의 내일을 위한 청사진을 제시했고, 7장 〈칼럼과 단상〉에선 그동안 여러 언론에 게재했던 칼럼, 8장 〈박태희를 말한다〉는 인간 박태희를 지켜본 지인들의 평으로 엮었다.

출판 기념회(2008. 7. 19)

이 책이 나의 상처를 치유해 주는 데 큰 역할을 했음은 물론이다. 더욱 놀라운 것은 출판기념회를 열었을 때, 선거에서 패배하였음에도 불구하고 축하해 주기 위해 참석한 인사들이 인산인해를 이뤘다는 사실이다. 출판기념회가 열린 건 2008년 7월이었고 장소는 밀양초등학교 체육관이었다. 이날 참석자들이 1,500명이 넘을 정도로 발 디딜 틈이 없었던 것이다. 게다가 갑자기 내린 호우에 불볕더위가 이어진 날씨였다.

지금도 생각나는 귀한 손님들로는, 조해진 전 국회의원, 고영진 전 경남도 교육감, 정여 부산 범어사 주지스님(현 범어사 방장), 박기태 경주대 부총장, 최청호 경남대학교 행정대학원장, 변재명 마산 MBC 사업국장, 최광주 마산향우회 회장, 하해성 창원향우회 회장, 김기철 밀양시의회 의장, 현직 시의원·도의원, 지역 시민·사회·여성단체, 모범운전자회, 종교단체, 문화예술인, 그리고 일반 시민들, 지지자들 등이다.

정확한 기억인지는 모르겠으나 아마도 그날 인사말에서 내 입에서 이렇게 말이 나갔던 것 같다. 지난날 그런 어려움이 있었기에 많은 것을 느끼고 배우게 되었다고. 이런 출판기념회를 통하여 일일이 찾아뵙고 제대로 인사도 드리지 못하였는데 이렇게 한자리에 모셔 놓고 인사를 드리게 되어 너무나 기쁘다고. 밀양 선거에서 패배한 것은 상대의 흑색선전과 마타도어 때문인 건 사실이나, 나 자신 자만한 것도 빼놓을 수 없는 원인이었다고.

지금 와서 돌이켜보면, 솔직히 초연해졌다고 할 수 있다. 시장 선거의 상처가 씻은 듯이 치유되었다고는 자신 있게 말할 수는 없지만 말이다. 지금도 지인들이나 나를 아껴주는 사람들을 만날 때면 "밀양을 위해 참된 봉사자가 되어보는 건 어때?"하곤 한다. 스님들이나 지역 유지들께서도 "박 회장 당신이 시장이 되었더라면 밀양이 여러 가지 면에서 좋아졌을 텐데"라고 하신다. 면전에서 듣기 좋아라고 하는 소리인지, 내 속 마음을 떠보려고 하는 말인지, 내 안의 상처를 보듬어주기 위한 동정인지, 알 수 없으나 전혀 듣기 싫지는 않다. 아직도 미련이 남아 있어서일까? 미련이 전혀 없다고는 할 수 없겠으나 그렇다고 미련이 있어서 애가 타는 것도 아니다.

한 번은 모 방송국 국장이 내게 이렇게 말하는 것이었다. 노래가 조금만 더 알려지면 국회의원보다도 더 나은 직업이라고. 국회의원은 4년마다 선거를 치러야 하지만, 가수는 정년이 없다는 게 그의 논리였다. 스타가 되면 수익도 상당할 뿐만 아니라 재능 기부로 사회봉사도 할 수 있으니, 일석이조라는 것이었다. 나는 그의 말이 상당히 일리 있게 와닿았고, 마음의 위로가 되었다.

요컨대, 나는 경쟁력을 갖춘 프로 가수가 되고도 싶은 게 꿈이지만, 꼭 시장이나 국회의원 등 정치는 아니더라도 이선에 물러나 지역발전을 위해 할 수 있는 역할이 있다면 최선을 다하고 싶다. 심리학자 자크 라깡이 말한 것처럼 인간의 욕망은 끝이 없으니까.

2008년 출판 기념회에 참석하신 부산 범어사 주지스님(현 범어사 방장)과 함께

중독성 있는 이타적 삶

삶에는 이기적인 삶, 이타적인 삶, 그리고 중립적인 삶, 남에게 피해만 끼치며 살아가는 삶으로 나눌 수 있을 것 같다. 이기적인 삶은 다른 사람의 이익보다 자신의 이익을 우선시하는 삶을 말한다. 일반적으로 불특정 다수 사람들은 이 부류에 속하지 않나 싶다. 중립적인 삶은 남에게 혹은 사회에 피해만 끼치지 않는 선에서 무엇이든 추구할 수 있다는 가치관을 가진 사람이라 할 수 있다. 이 또한 나쁘다고 할 수 없다고 본다. 최악의 경우는, 하는 짓마다 타인에게 손해를 입히고 사회적으로도 아무런 도움이 되지 않는 사회악만 야기하는 부류의 사람이다.

가장 높게 평가받아야 할 부류는 이타적인 삶이라 하겠다. 이타적인 삶은 자신의 이익보다 타인의 이익을 우선시하는 사람을 말한다. 성직자, 익명의 기부자, 생을 마무리하면서 푼푼이 모은 전 재산을 사회에 내어놓는 사람, 죽으면서 자신의 장기를 내놓는 사람 등등을 예로 들 수 있을 것이다.

나는 스스로 냉정하게 어떤 부류에 속하는 사람인지 곰곰이 생각해 본다. 나는 앞에서 예시한 사람 축에는 끼일 수 없을 것 같다. 그럼에도 불구하고 틈틈이 기부활동과 봉사활동을 하였고, 장애우 돕기, 청소년들에 대한 지원활동 등을 아끼지 않은 건 사실이다.

어떤 철학자는 이타적인 활동도 결국 자신의 이익을 위해서라고 주장하기도 한다. 나는 이 논리를 부인하지는 못할 것 같고, 오히려 수긍하는 입장이다. 자신의 이익을 염두에 두고 타인 혹은 사회에 선행을 베푸는 일이라 할지라도 어찌 손가락질할 수 있겠는가 말이다. 대부분의 사람들이 갑남을녀에서 벗어나지 못하는 이상, 절대적인 도덕적 기준을 기대하기란 어렵기 때문이다. 그런 의미에서 내가 걸어온 길을 반추하게 되는 것이다.

2017년 8월, 나는 사랑의 성금을 들고 밀양시청을 찾았다. 금액은 500만 원. 많은 액수는 아니지만 내겐 귀한 돈이었다. 2015년 가수로 데뷔한 뒤 3집 앨범까지 발표하였는데, 앨범을 팔아 모은 돈이기 때문이었다. 이 성금은 밀양시를 통해 지역의 미혼모에게 전달되었다. 또 2017년에는 어머니가 돌아가셨는데, 그때 들어온 조의금 1,000만 원을 밀양시에 기탁하였다. 이보다 앞서 2008년에는 첫 자서전 출판기념회를 가졌다. 이날 1,500여 명의 지인들과 시민들이 참석해 축하해 주었고, 더러는 책을 사가기도 했다. 이날 들어온 수익금 1,500만원 전액을 장애인 단체, 애육원, 신망원, 저소득층 등에 지원 했다. 태풍 '매미' 때는 피해 학생 50명에게 20만 원씩 1,000만 원을 지급했다. 또한 ○○고등학교에 1,000만 원, ○○대학교에 500만 원 장학금을 지급하기도 했다.

그뿐만 아니라 2016년 7월에는 마산 아리랑호텔에서 2집 앨범을 발표하는 디너쇼에서 수익금 200만 원이 남았다. 이 돈은 창원시 의창구청을 통해 청소년 여성용품 지원에 사용되었다. 우연히 여성용품을 살 돈이 없어서 상처받은 한 여학생의 사연을 듣고 안타까운 마음에 조금이나 힘이 되라는 뜻에서 기부한 것이다. 그때 나는 한국스카우트 경남 연맹장을 맡아 봉사하고 있던 중이었다. 이를 통해 나는 교육과 청소년들에 대한 관심을 더 많이 가질 수 있게 되었다.

　사회봉사 등 이타적인 삶은 금전이 전부 다가 아니다. 가수로 데뷔한 뒤 5년가량 독거노인, 요양병원, 소외계층 등을 대상으로 100여 회가량 무료 노래 공연을 열기도 했다. 솔직히 내 자랑 같아서, 일일이 나열할 수 없는 것도 한둘이 아니다. 이상하게도 사회를 위해 선행을 하게 되면, 받는 그들보다 주는 내 마음이 더 기쁘고 행복하다는 사실이다. 기부행위는 묘한 중독성이 있는 것 같다. 해서 내게 숟가락 들 힘만 주어진다면 노래는 물론 우리 사회를 위해 베푸는 선행은 계속하리라 다짐해 본다.

밀양시청 사랑의 성금 기탁(2016. 10. 11)

박태희에게 부(富)란?

죄지은 자가 돈을 가진 경우와 죄 없는 자가 돈을 갖지 못한 경우, 우리는 어느 쪽을 선택해야 할까? 현실에서는 후자보다 전자를 선택하는 사람이 압도적으로 많을 것으로 생각된다. 왜냐하면 당장 먹고살아야 하고 매달 날아드는 공과금을 납부해야 하는 문제에 부딪히니까 말이다.

그러나 성경에는 부자가 천국에 들어가는 건 낙타가 바늘 눈을 통과하는 일보다 더 어렵다고 적혀 있다. 천국은 멀고 현실은 가깝다. 그러나 성경의 말은 무작정하고 부자들을 매도해야 한다는 의미는 아닐 것이다. 결국은 합법적으로 돈을 벌어야 하고, 돈을 벌었다면 혼자만의 호의호식에 치부할 것이 아니라 도움이 필요한 불우한 이웃들에게 선행을 베풀며 살아가야 한다는 의미로 해석해야 할 것이다.

　나는 개인적으로 돈의 가치는 소유하는 데 있는 것이 아니라 사용하는 데 있다고 본다. 물론 사용을 잘못하면 오히려 독이 되겠지만. 나는 그동안 저소득층에 대한 기부, 학생들에 대한 장학금 기탁, 사회적 약자에 대한 사회봉사활동 등에 있어서 소홀히 하지 않았다. 하물며 아는 사람을 만났을 때 커피 한 잔이나 국밥 한 그릇이나마 뒤로 꽁무니 빼지 않고 기꺼이 지갑을 열기를 마다하지 않는 편이다.

　나는 이런 작은 일들이 인정을 넘치게 하고 사회를 아름답게 하고 사라져가는 미풍양속을 유지하는 데 큰 힘을 발휘한다고 믿는다. 축적의 기쁨보다 나눔의 기쁨이 더 큰 것이다. 나눔에는 묘한 매력이 있다. 이렇게 말하면 쑥스럽긴 하지만 내 몸 안에 이런 DNA가 있긴 있는 모양이다. 나는 코가 비틀어질 만큼 가난한 집안에서 자란 건 아니지만 그렇다고 그렇게 풍족한 가정형편도 아니었다.

　나는 하루아침에 졸부가 되거나 어느 날 갑자기 로또에

당첨된 사람이, 이후에 계속해서 행복하게 잘 살았다거나 우리 사회를 위해 선행을 베푸는 등 이타적 삶을 살았다는 이야기를 들어 본 바 없다. 오히려 그 반대다. 그전에는 오순도순 사이좋게 살던 금슬 좋은 부부가 로또에 당첨된 후 이익 분할을 놓고 소송을 제기하거나 곧바로 이혼했다는 소식들이 심심찮게 들린다. 이런 소식을 접할 때마다 쓸쓸함을 감출 수 없는 것이다.

워렌 버핏은 신문 배달로 출발하여 세계 경제를 움직이는 사람으로 등극하였지만, 검소한 생활과 정직한 경영방식으로 유명하다. 세계적인 석유 재벌 록펠러도 손님이 찾아왔을 때 최소한의 전등만 켰을 만큼 검소하였으며 사회사업 활동도 왕성하게 하였다고 한다.

돈은 수단이지 목표가 될 수 없다고 나는 생각한다. 지금 우리는 자본주의가 가장 고도로 발달된 시점에 살고 있다. 금융상품이 수도 없이 많고 파생상품 또한 홍수를 이루고 있다. 채권과 물권의 거래 방식도 날로 다양화되고 있다. 거기다가 아날로그에서 디지털로 변화하는 속도가 가히 눈 깜짝할 사이다.

세상이 이렇게 돌아가다 보니 수단과 목표가 헷갈리는 것은 어쩌면 당연한 것인지도 모른다. 그러나 목표와 수단이 전도된 이런 현상이 지배하는 사회는 건강하다고 할 수 없고 희망적이라고도 할 수 없다. 사람이 먼저이지 돈이 먼저가 아니다. 우리가 그것을 잊고 살고 있을 뿐이다. 목표와 수단의 망각을 회복해야 한다. 그것에 대한 무지를 성찰해야 한다. 돈 앞에서 신의를 저버리며 배반하는 건 안타깝고 서글픈 일이 아닐 수 없다.

아무튼 돈이란 묘한 녀석이다. 없으면 비굴하거나 초라해지고, 있으면 거만하거나 도도해지기 쉬우니까 말이다. 너무 많아도 탈, 너무 없어도 탈. 그렇다고 할지라도 관건은 어떻게 벌 것인가가 아니라 어떻게 쓸 것인가이다.

미풍양속과 관련해서는 이른바 '김영란법'이 논란이 될 수 있겠다. 이 법률은 당초 형법상 뇌물죄의 허술한 점을 보완하기 위한 취지로 입법화되었다. 막상 시행하다 보니 다소 엉뚱한 부작용도 없지 않은 게 사실이다.

다시 말해, 이 법률의 시행으로 인해 명절 때 과일이나 생선의 판매를 위축시키는 결과를 초래하기도 한 것이다. 시행규칙이 개정되는 등 보완책이 나오기는 하였지만 이런 측면에선 매우 유감스러운 일이다. 스스럼없이 사과 한 조각이라도 나눠 먹는 미풍양속만은 사라지지 않았으면 좋겠다.

밀성(밀양) 박씨 국담공파 경주 오릉 방문(2025. 4. 20)

농민재해 위험 덜어주고파

농민재해 위험 덜어주고파

'자식 농사는 제 맘대로 안 된다'는 말이 있다. 농부가 농사에 아무리 정성을 기울이고 애를 써도, 비가 오지 않거나 병충을 입으면 아무 소용이 없다는 말이리라. 그런데 재미있는 것은 왜 굳이 '자식 농사'라는 표현을 했을까. 아마도, 그 어렵고 힘든 농사가 자식을 키우는 어려움과 닮아 있기 때문이리라.

나는 어릴 적부터 아버지를 따라 농사일을 배우고 수확의 기쁨을 알았다. 그런데 그와 함께 자연재해로 실농을 한 경험도 많다. 시골에서 살다 보니 농업은 우리 가족 삶의 근본이 되었다. 자식 밥 먹이고 공부시키고 시집, 장가 보내는 많은 돈이 논밭에서 나왔기 때문이다. 그런 중요한 농사가 병충을 입거나 가뭄, 수해, 우박으로 피해를 입으면, 우리 가족은 그야말로 하늘이 무너지는 듯한 고통을 느꼈다. 고통은 그해에 국한되지 않았다. 몇 년이 걸리는 복구기간 동안 농민은 발만 동동 구르며, 속을 태우는 것이다.

경상남도 도의원 5분 자유발언(2003. 11. 14)

내가 도의원시절 밀양은 사과 1ha당 농민부담 농작물 재해 보험액이 180만 원이나 들었다. 농민에게 너무나 큰 부담이 되는 금액이다. 그러다 보니 당시 사과농가 785가구 가운데 보험 가입 농가가 20가구밖에 되지 않았다. 나머지 765가구 사과 농가는 수해를 입어 몇 년을 고생해도 전혀 도움을 못 받는다는 말이다.

　농부의 아들로 태어나 이런 어려움을 보고 자란 나는, 이 문제를 알리고 개선해 농민을 돕고 싶었다. 그래서 2003년 10월 도의회에서 5분 발언을 통해 실례를 조목조목 들며 자가 부담금을 도에서 지원해야 한다고 역설했다. 이런 도의회 활동이 받아들여져 2005년 2월 드디어 도와 지방자치단체에서 전체의 지원을 받아 부담액을 10%만 내게 되었다. 그리고 나의 의정활동과 도의 농작물재해보험료 지원 사업이 결정된 것이 언론에 크게 다루어지며, 많은 농가가 앞다퉈 보험에 가입했다.

　한 번은 농협에서 일을 보고 나오려는데 한 어르신이 "농사하며 가뭄, 태풍 무섭지 않은 사람이 어디 있겠습니까! 그런데 그것보다 더 무서운 게 돈이에요. 당장 자식한테 들어가는 돈이 얼만데……. 이렇게 짐을 덜어주셔서 정말 고맙습니다"라고 말하며 내 손을 꼭 잡는 것이 아닌가. 나무껍질마냥 거칠한 어르신의 손이 한없이 따뜻해, 나도 모르게 눈시울이 붉어졌었다.

　올해 신문을 보니 '밀양시, 농작물재해보험 보험료 최대 90% 지원'이라는 제목이 눈에 띄었다. 사과, 배, 단감, 떫은 감 과수 4종에 보험 가입이 가능해졌다는 내용이다. 기사를 읽고 나는 가슴 속에 뜨거운 것이 치밀어 오르는 것을 느꼈다. 20년 전 내 손을 잡고 고맙다고 말씀하신 어르신의 따스한 손길이 아직도 손등에 느껴지는 듯했다.

각 도마다 시마다 국민이 뽑은 정치인은 많다. 그런데 자신을 뽑아준 국민의 고통을 덜어주고자 하는 정치인이, 과연 몇이나 있을까 생각하니 마음이 먹먹해져 온다.

가수가 웬 방수기능사자격증을?

    가수에게 필요한 자질은 목소리, 음의 고저, 음의 장단, 발음, 자신만의 독특한 창법 등 헤아릴 수 없이 많다. 내가 가수활동을 함에 있어서 다른 건 몰라도 발음이 자주 발목을 잡았다. 경상도 사나이의 태생적 핸디캡이었던 것이다. 하지만 나는 전술한 바와 같이 서울을 수도 없이 오가면서 전문가를 만나 발음지도를 받았다. 그 결과 사투리가 교정되고 불분명한 발음이 사라져 예전보다 노래를 더 잘한다는 반응을 얻고 있다.

    내가 가수가 되기 전에는 지방정치에 몸담았고, 그전에는 건설업을 했고, 또 그전에는 건재상을 운영했다. 건설업을 할 때에, 즉 하나의 건물이 공간에 우뚝 세워지기까지는 헤아릴 수 없이 많은 공정과 기술이 들어가게 된다. 기름을 태우며 다니는 화석 연료 자동차의 경우 그 안에 들어가는 부속품이 대략 1만 개에 이른다고 한다. 건축에 수반되는 공정과 기술도 그보다는 적을지 모르지만, 끝도 한도 없이 손길을 필요로 한다. 그런 기술 가운데 어느 것이 가장 중요한 기술이라고 단정하기도 어렵다.

하지만 나의 개인적인 생각으로는, 일단 예술성과 편리성은 차치하고 첫째는 무너지지 않아야 하고 둘째는 물이 새지 않아야 한다. 현실적으로 건물이 무너지는 경우는 극히 드문 일이지만 물이 새는 경우는 비일비재하다. 그래서 나는 물이 새지 않도록 집을 짓는 걸 최우선적으로 생각하며 건설·건축업에 임했다고 말할 수 있다. 다시 말해서 예술성이나 편리성이 아무리 뛰어나다고 하더라도 물이 샌다면 그것과 상쇄될 문제가 아니다. 가수 활동을 하면서 방수기능사 자격증을 취득한 건 이런 이유에서이다.

내가 한국산업인력공단이 주관하는 방수기능사 자격시험에 응시해 합격한 것은 2021년 9월. 나는 기술계통에는 문외한 사람이다. 내가 건설업을 경영할 때 직원들이 이 자격증 취득을 권유하기도 했던 터이다. 그래서 이 시험에 도전한 지 4수 끝에 합격할 수 있었다. 문제는 이 시험이 몹시 까다롭다는 데 있다.

막상 도전하자 소문대로 쉽지가 않았다. 주어진 시트지를 갖고 2시간 10분 이내에 14등분으로 재단하여 불로 열을 가해 벽에 붙여야 하는데, 시간 부족에 치수 맞추기, 적당한 불질 등이 여간 어려운 공정이 아니었다. 그래서 3회나 낙방한 것이다. 지금도 그 흔적이 남아 있지만, 그런 과정에서 손가락과 팔에 화상을 입는 일은 예사였다. 내가 합격하던 날, 기술은 난생처음으로 도전하는 분야라 결국은 해냈다는 무한한 자부심이 생겼다. 건재상을 하다가 1990년 1월 건설업을 시작하긴 했는데, 정작 내 자신은 아무런 기술을 갖고 있지 못하였다. 이로써 여기에 대한 결핍도 사라졌다.

세상에 쉬운 건 하나도 없다. 그렇지만 못할 것도 없다. 무언가 하려고 하면 방법이 있고 무엇인가 하기 싫으면 구실을 찾기 마련인데, 그러나 노력은 사람을 배신하지 않는다.

나는 일찍이 동아대 대학원에서 신문 방송학 및 언론학 석사, 경남대 대학원에서 정치학 박사, 경남도의원, 경남

도 교육위원, 한국스카우트경남연맹장 등 그침 없이 달려
왔다. 그 결과 가수 박태희로 홀로 섰다. 대통령 표창, 스
카우트 무궁화 금장을 수상한 것을 포함해 2011년 대한민
국 자랑스런 혁신 한국인상, 2017년 대한민국 사회봉사
부문 인물대상을 수상하기도 했다. 쑥스럽지만, 모두 노
력의 결과요 도전의 결실이다.

인파를 몰고 다니는 박태희

　누구나 그렇겠지만 나는 가끔 나에겐 어떤 재능이 있을까를 생각해 보곤 한다. 스스로 생각해 볼 때, 외람되지만 인원 동원 능력에 타의 추종을 불허한다는 생각이다. 길흉사, 출판기념회, 콘서트, 노래 경연대회 등의 행사에서 전무후무한 기록을 세웠기 때문이다. 이런 기록들은 사람들 사이에서 회자되다가 내 귀에도 들어오고는 했다.

　2017년 사랑하는 어머니가 돌아가셨다. 장례는 밀양 한솔병원에서 엄수됐다. 조화나 조전은 물론 문상객들로 인산인해를 이뤘다. 밀양 한솔병원이 생긴 이래 가장 손님과 조화가 많았다는 병원 관계자의 말을 지인으로부터 들은 적이 있다. 그때 찾아오신 손님들에게 새삼 다시 감사하는 마음이 일었다.

　인파라면 출판 기념행사 때를 잊을 수 없다. 나는 2008
년 7월 『밀양은 항상 나를 꿈꾸게 한다』는 자서전을 출판
했다. 밀양시장 선거에서 낙선한 것이 2006년 5월이었으
니까 그로부터 2년여가 지난 이후에 한 권의 책을 내놓은
것이었다.

　그때 행사는 밀양초등학교 체육관에서 치러졌는데,
1,500명 이상이 운집했다. 이 역시 출판기념회 사상 최대
인파라는 수식어가 회자되고 있다. 출판기념회라는 것이
정치자금을 마련하기 위한 수단으로 이용되는 게 다반사
이지만 나는 그런 것과 무관한 순수한 기념행사여서 많은
사람들로부터 박수를 받은 것으로 생각하고 있다.

　가수로 데뷔한 것은 2015년이고, 그로부터 3년이 지난
2018년 11월 박태희 콘서트가 아리랑 아트홀센터에서 있
었다. 대극장 750석과 소극장 200석을 합친 1,000석에
가까운 좌석이 모두 꼭 차는 바람에 200명에게 환불했다.
이 때문에 200명이 되돌아가야 하는 소동이 빚어진 것이
다. 돌려보내야 하는 안타까움과 좌석이 풀로 찬 기쁨이
교차하는 묘한 날이었다.

다음은 제2회 박태희 노래 경연대회이다. 2022년 가을에 개최된 이 대회는 밀양아리랑아트홀에서 열렸는데, 전국적으로 경향 각지에서 경연대회에 참여한 27명의 가수 후보들과 내빈 130명, 그리고 방청객까지 합쳐 인산인해를 이뤘다. 이날 화환만 해도 200개를 넘겼으니 밀양 지역 꽃집의 꽃이란 꽃은 모두 동이 날 정도였다는 후문이다.

도화살이라는 말이 있다. 이것은 일종의 매력살이라고 할 수 있다. 내게 매력이 있다면, 근면 성실하게 살아왔다는 것, 기부와 봉사로 이타적인 삶을 살아왔다는 것, 인간관계를 중요시한다는 것, 긍정적인 태로도 끝없이 도전하며 살아간다는 것, 이런 것들이 아닌가 싶다. 행사에 많은 사람들이 모였다면, 한 분 한 분 그 마음을 헤아리고 오래오래 기억하는 것이 내가 할 일이라고 나는 늘 잊지 않고 생각한다.

인연

　오늘은 5월 넷째 주 일요일 오후, 비가 온다. 인연의 소중함이 아련한 추억과 함께 떠오르는 시간이다. 1997년 5월이었으니 27년 전의 일이다. 그때 나는 밀양 박씨 종친회 청년회장을 맡고 있었다. 청년회가 주최한 종친회 체육대회가 2,000여 명의 종친들이 참여한 가운데 삼문동 공설운동장에서 열렸다.

　이날 깜짝 참석해 행사를 빛나게 해주신 분이 계셨는데, 당시 박근혜 한나라당 부총재가 바로 그 주인공이다. 박 부총재는 그때 처음으로 국회의원에 당선돼 활동 중이었다. 인사말을 하고 연단에서 내려오자, 나이 많은 분들이 몰려와 악수를 하는 사람, 향수에 젖어 눈물을 흘리는 사람들로 북새통을 이뤘다. 박근혜의 열풍이 가득했던 것이다.

1997년 밀양박씨 종친회 환영식 행사 박근혜 전 대통령 첫 국회의원 당선 축하

  그러고 나서 얼마 뒤 국회 회관으로 한 번 와달라는 연락이 왔다. 나는 급히 국회로 달려갔다. 그 자리에서 박 부총재는 "내가 바빠서 직접 만나기가 어려울 것 같아, 대신 이분들과 자주 연락하세요"라며 이모 보좌관 등을 소개해주었다. 한참 뒤에 알게 된 사실이지만 그분들은 박 부총재가 대통령에 당선된 뒤 청와대로 같이 들어간 핵심 인물들이었다. 그런데 나는 이분들과 의례적으로 인사하는 정도였을 뿐 소중한 관계를 유지하지 못했다. 말하자면 끈을 놓치고 만 것이다. 만약 그분들과 그때 친분관계를 돈독히 해두었더라면 박태희의 앞길은 한마디로 승승

장구했을 것이다. 인간관계의 중요성을 뼈저리게 느꼈고, 인생에서 가장 후회되는 일로 생각된다.

얼마 전에 강원도 모 사찰을 방문한 적이 있었다. 전국 박씨 종친회 부총재 자격으로 행사에 참여한 것이다. 이번에는 박 전 대통령의 동생 박근령 씨가 오셔서 함께 사진을 찍었는데, 불현듯 25년 전 박 전 대통령과의 인연이 생각난 것이다. 묘한 느낌이었고 옛 추억이 어제의 일처럼 회상되었다.

나는 또 박연차 전 태광실업 회장과의 인연도 잊히지 않는다. 지금은 작고하시고 세상에 안 계시지만, 베트남에서 국빈으로 예우받던 분이 아니던가. 베트남 하노이 공항에서 태광실업 현지공장까지의 도로명이 '태광로'라고 붙여진 것만 하더라도 알 수 있는 일이 아닌가.

그가 베트남 명예영사가 되었을 때 밀양에서 성대한 환영식을 베풀어 드렸다. 밀양시청 대강당에서 1000여 명의 종친들이 참석한 가운데 박 회장과 그 가족, 친지들을 초청했던 것이다. 그는 감격한 나머지 눈물을 흘리기도 했다. 이를 계기로 박연차 회장은 밀양 박씨 청년회 회원들과 만나 식사도 하고, 밀양 발전을 놓고 할 수 있는 일을 고민하기 시작했으며, 선거 때에는 2~3차례 다녀가며 응원해 주기도 했다. 내가 극구 사양했지만 심지어는 거액의 돈을 제시하며 지원하려는 마음을 아끼지 않았다.

대신에 필자가 시장에 당선되면 대규모(100만 평) 공단을 유치하는 데 앞장서겠다는 약속을 했다. 당시 김해상공회의소 회장이었던 그는 "김해는 공장용지가 포화 상태라 인근 밀양이 적지"라며 그런 약속을 했던 것이다. 그러다 마지막으로 만난 것이 함안 마애사 산사 음악회 행사였다. 필자가 정치를 하다가 가수가 된 소식을 듣고는 놀라움을 표시했다. 그분이 돌아가신 지가 벌써 5년가량 되었으니 돌아가시기 1~2년 전쯤의 일이다. 한세월 지내면서 뒤돌아보니 인연의 의미가 새삼 새롭게 다가온다.

故 박연차회장과 함께 기념사진(2006년)

인기에 대한 나의 생각

『모두가 인기를 원한다』라는 책을 쓴 미치 프린스턴 (Mitch Prinstein) 노스캐롤라이나 대학 임상심리학과 교수는, 우리를 그토록 흥분시키는 '인기'의 이중 경로를 분석해 선풍적인 인기를 끌었다. 미치 프린스턴 교수는 한 국내 언론사와의 인터뷰에서 '인기란 무엇인가'에 대해 이렇게 밝혔다. 높이 평가되고 선호되는 대상이라는 의미로 쓰인다.

인기의 속성은 두 가지다. 첫 번째 호감(likability). 호감을 주는 사람들은 타인과 협력하고 나눌 줄 알고 규칙을 따른다. 유년기 아이들 사이에서도 확실히 호감을 끄는 유형이 있다. 그 아이들은 다른 아이들의 감정을 살피고 소중히 대하고 친구가 소속감을 느끼도록 신경 쓴다. 두 번째는 청소년기에 급부상하는 지위(status)로서의 인기다. 우월감·힘·영향력 같은 것들을 기초로 한다. 지위는 청소년기에 나타나 평생에 걸쳐 큰 영향을 미친다는 것이다.

그는 사람들이 인기에 집착하는 이유에 대해 답하기를, 자연스러운 신경 화학의 산물이다. 예컨대 유명인이나 높은 지위를 가진 사람들에 대한 글을 읽거나 보기만 해도 우리 뇌의 보상 중추가 활성화된다. 우리 뇌의 신경망과 호르몬은 인정받거나 찬양받을 때 기분이 좋아지도록 설계돼 있다는 것이다.

사람은 누구나 존경받고 영향력 있으며 부러움을 사고 싶어 한다. 이러한 욕망은 잘못된 것이 아니다. 사람은 누구나 자신의 가치를 인정받고 싶어 하고 자존감을 채워줄 위치에 서고 싶어 하는 건 본능이기 때문이다.

그러나 대중의 입장에서는 누군가를 존경하고 인정하고 호감을 가져야 할 의무가 있는 건 아니다. 그러므로 오랫동안, 그리고 진정으로 존경받고 인기 있는 사람이 되기 위해서는 일차원적인 개념에서 벗어나야 한다. 남들에게 더 가까이 다가가 더 관심을 보여주고 희로애락을 함께 하며 콩 한 조각이라도 나눠 먹는 심정으로 다른 사람을 돕는 자세가 필요하다고 하겠다.

자신이 남들보다 우월하다는 생각은 벗어던져야 한다. 사람과 사람 사이에서 부대끼며 울고 웃어야 한다. 군계일학처럼 혼자만 잘난 체하지 않을 때, 조금 손해를 보더라도 타인의 이익을 배려하고 조화로운 삶을 추구할 때, 오랫동안 인기를 얻을 수 있고, 그가 무대에서 사라지더라도 대중은 그를 오랫동안 기억할 것이다.

박태희 후원회 팬클럽 남해 바래길 현장 방문

가수는 인기를 먹고 사는 전형적인 직업이다. 그러나 인기가 저절로 찾아오는 게 아니었다. 처음부터 내 노래를 기억하기를 바라는 건 언감생심이다. 처음에는 노래교실로, 유튜브로, 뛰어다니다 보니 언제부턴가 공중파 방송에도 케이블 방송에도 불러주었고 지역 축제에도 초청받게 되었다. 내 이름을 걸고 가요제를 두 차례나 개최하는 등 종횡무진하다 보니 지금은 트로트 차트에서 상당한 인기 순위를 차지하고 있는 것이다.

그럼에도 불구하고 나는 허황된 인기만을 쫓고 싶지는 않다. 발로 뛰며 노력한 만큼만 주어지기를 바랄 뿐이다. 내가 생각하는 인기란, 신기루 같고 물거품 같고 십일홍의 꽃에 지나지 않는다. 인기야말로 다다익선이겠으나 공짜를 바랄 수는 없지 않은가. 선거는 상대를 꺾어야 내가 이긴다. 가수는 상대를 패배시키지 않고 승리할 수 있어서 좋다. 인기 또한 그런 게 아닐까.

정치, 마음을 접고 보니

돌고 돌아 또다시 정치 철이 다가왔다. 2024년 4월 제22대 총선을 앞두고 정치권의 세력 다툼이 본격화하면서 경남 밀양의 정치판도 요동치고 있었다. 현직 밀양시장이 사퇴하고 총선 출마를 선언하자 시장 보궐선거와 국회의원 선거가 맞물려 밀양의 정치판은 유례없이 술렁였다.

나의 눈과 귀도 당연히 거기에 쏠릴 수밖에 없었다. 2006년 봄 한나라당(국민의힘 전신) 밀양시장후보로 나섰다가 낙선한 이후 18년 동안, 모든 걸 비우려 했고 날마다 비우려 했다. 개인적인 욕심을 완전히 버리고 살아가리라 생각했다. 그렇지만 막상 정치 시즌이 다가오자 또다시 내 마음이 붕 뜨면서 꿈틀했다. 비운다고 한 것이 비운 게 아니었던 모양이다. 심리학자 자크 라깡은 인간의 심리체계를 상상계, 상징계, 실재계로 분류하고 어떤 한 가지 욕망이 실현되는 순간 또 다른 욕망이 생겨나기 때문에 욕망은 끝이 없음을 강조했다. 나의 욕망도 예외라고 할 수 없었다.

나는 고심에 고심을 거듭했다. 그 결과 밀양시장 출마를 접기로 했다. 그렇게 하기로 막상 마음을 정리하고 나자 내 몸과 마음에서 큰 변화가 생겼다. 이루 말할 수 없는 허탈감과 상실감이 나타났다. 한동안 살아가야 할 의욕마저도 달아나 버린 것 같았다. 게다가 몸에서 힘이 빠져나가면서 감기 몸살 기운이 돌고 얼굴은 수척하기 시작했다. 꿈과 희망을 버린다는 건 그렇게도 무서운 것이었다.

하지만 나의 처지는 모든 면에서 분명히 옛날과는 다르다. 냉정하게 따져보면 지금 늙은 나이는 아니지만 그렇다고 젊은 나이도 아니다. 금전적인 면에서도, 선거를 돈만으로 치르는 건 아니지만, 봉사하는 마음으로 사회를 위해 아낌없이 돈을 쓸 형편도 아니다. 인생을 30세, 60세, 90세로 3등분 할 때 도전보다는 실수를 하지 않는 것이 더 중요하다는 결론에 도달했던 것이다. 게다가 시장을 반드시 나 박태희가 해야 한다는 법도 없다. 정치 활동과 가수 활동, 두 마리 토끼를 다 쫓는 건 욕심이다. 게다가 가수는 정년이 없는 직업이고, 정치는 사실상 정년이 제한된 직업이지 않은가.

이렇게 결론을 내고 나니 마음이 홀가분하기도 하지만, 다른 한편으론 인간적으로 미안한 사람들이 많다. 나로 인하여 직간접적으로 불이익을 당하기도 한 피해자들이 많기 때문이다. 이를테면 공직사회에서 나를 지지한 죄로 몇 년 동안 승진도 하지 못한 사람이 없지 않다. 이는 내 마음을 무겁게 하는 부분이다. 그러나 가수, 모델, 배우와 같이 사회를 위해 봉사하는 것이 그나마 보은하는 길이라 생각한다.

전적으로 믿을 것은 아니지만, 우연히 철학관에 들렀는데, 거기서도 정치면 정치 예능이면 예능 뭐든 한 가지만 하면 좋은 결과가 있을 것이라고 했다. 열정과 도전의 아이콘 박태희, 이제 내가 갈 길은 예능이다. 예능에서 모든 걸 불태우고 싶다. 풀뿌리 정치인을 떠나 풀뿌리 예능인이 되는 것이다. 가장 지역적인 것이 가장 세계적인 것이란 말이 있듯, 나만이 가지고 있는 재능으로 최고의 지점에 도전하고자 하는 것이다.

5부

밀양은 다시 나를 꿈꾸게 한다

적극 행정·변화를 요구받는 공무원

이른바 행정이념에는 여러 가지를 들 수 있겠다. 합법성, 효과성, 능률성, 효율성, 형평성, 공정성, 청렴성 등이 그것이다. 공직자들은 이 중 합법성을 가장 중요시하는 게 현실이다. 아무리 열심히 노력하여 성과를 냈더라도 법과 규칙에 맞지 않게 되면 감사에서 지적받을 수밖에 없다. 경우에 따라서는, 그러니까 중과실이나 고의성이 있을 경우에는 징계나 형사적 처벌도 피할 수 없다. 이 때문에 직업공무원들은 첫째도 둘째도 법과 규칙을 가장 우선시하게 된다. 충분히 이해되는 부분이다.

하지만 이렇게 되면 복지부동이 만연해 보신 행정이 주된 풍토로 자리 잡아 적극 행정은 요원하게 된다. 그래서 공직사회를 일컬어 복지부동의 사회, 심하면 '철밥통'이란 꼬리표가 따라붙게 된다. 지방자치제가 시행된 지도 오랜 세월이 지났고, 공직사회의 윤리 수준도 크게 향상된 만큼 적극 행정이 필요하다고 보는 것이 필자의 생각이다.

지방자치단체를 어떻게 경영하느냐에 따라 해당 지역의 발전 정도가 판가름 나고, 재정자립도도 달라진다. 하나의 도시를 다른 도시와 견주어 앞서가느냐, 낙후되느냐는, 모든 도시가 무한 경쟁시대로 접어든 이 시대에, 공무원은 법과 규칙에 따라 내 앞에 놓인 업무만 신경 쓰면 그만이라는 자세는 마땅히 버려야 한다는 지적이다. 그러므로 공직자가 업무를 적극적으로 추진하는 과정에서 사소한 실수가 발생했다면, 이 경우는 면책되어야 할 것이다.

이와 함께 공직자는 근면, 성실, 봉사, 책임, 청렴 의무뿐만 아니라 공부는 손에서 놓아서는 안 된다. 그리고 시민의 봉사자로서 권위주의는 버려야 한다. 시대에 맞는 신선한 정책 아이디어를 제시하여 다른 도시에 앞서가는 경쟁력을 갖추어야 한다.

특히 이런 공직사회를 이끌어가는 시장의 리더십은 더욱 달라야 한다. 시장의 리더십은 더욱더 변혁적이어야 한다. 시장이 조직관리에만 몰두하는 탁상식 행정가여야 하는 시대는 이미 지났다. 그러니까 임명제일 때는 상급 기관의 감사만 잘 넘기면 되는 시대였다. 밀양과 같이 교통이 발달되고 성장 잠재력이 풍부한 지역은 시장의 역할이 무엇보다 중요하다.

선두에 나서서, 우선 복지부동의 직업공무원 사회를 발로 뛰게끔 그 문화를 바꾸어야 한다. 그렇게 해서 열심히 노력하는 공직자에게는 그에 상응하는 만큼 평가하고, 그런 평가에 상응하는 진급·성과급 등의 보상을 제공해야 한다. 능력과는 상관없이 선거에서 줄 세우기를 통해 승자독식 하는 병폐는 마땅히 사라져야 할 적폐다.

그리고 시장은 주민의 손에 의해 뽑힌 선출직 공무원이기 때문에 지역 주민들의 가려운 곳을 정확히 파악하여 꼭 필요하다고 판단될 경우엔 과감한 투자나 개선책을 내놓아야 한다. 시장은 시장실을 지키기보다 중앙 관서를 방문해 예산을 따오는 한편 현장에 나가 그 해답을 찾아야 한다.

필요하다면 시장은 천의 얼굴이어야 한다. 괴상한 좀비가 되어야 한다는 뜻이 아니다. 모자이크로 정체성이 불명해야 한다는 의미는 더욱 아니다. 모든 것을 종합적으로 고려하여 지역 발전에 반드시 필요한 것이라면 수단과 방법에 연연치 말고, 성과를 내야 한다는 것이다.

예컨대 유치할 만한 기업이 있다면 해당 기업을 몇 번이라도 찾아가 설득하고 조건이 까다로우면 그 조건을 갖추기 위해 머리를 싸매고 연구하는 등 행정적, 재정적, 정치적인 역량을 모아서 성사시켜야 한다. 가만히 앉아 있거나 소극 행정을 한다면 어느 기업이 제 발로 찾아오겠는가. 한 단계 발전하는 밀양을 목표로 한다면 구호가 아니라 실천이 중요하다는 사실을 강조하고 싶다. 이렇게 좋은 기업이 유치되면 일자리가 생기고, 일자리가 생기면 일자리를 찾아 젊은이들이 몰려드는 밀양이 될 것이다.

요컨대 시장이라 함은 그 지역의 중심에 서서 공·사 간 모든 부문을 통합하는 정치력을 발휘하면서 그 지역의 모든 역량을 최대한으로 끌어올려 그 지역만의 특성을 최고치로 꽃피우는 지도자가 되어야 한다. 그렇게 해서 밀양을 강소도시로 만드는 것이다. 작지만 경쟁력이 강한 밀양 말이다.

나 자신 그 일을 하고 싶었지만 이젠 과거가 되어버렸
다. 이젠 누군가의 후배에게 기대할 수밖에 없는 상황이
다. 기회라는 파랑새가 다시 찾아올지는 알 수 없는 일이
지만, 내가 아니면 안 된다는 생각을 버린 지는 오래다.

교육위원 시절이 선물한 교육의 터전

아버지가 돌아가신 건 내가 군복무를 하고 있을 때였다. 살아오면서 가장 충격적인 일이다. 어느 날 갑자기 가정의 모든 일을 책임져야 했다. 사정이 그렇다 보니 대학 진학은 접을 수밖에 없었고 선친이 하시던 건재상을 맡아 일으키는 등 사업에만 매진했다.

그럼에도 배움이란 욕망의 불씨는 꺼지지 않아서, 아니, 끌 수가 없어서 야간대학에 진학하여 주경야독의 길을 걷기 시작했다. 평소 학업이란 머리와 가슴을 동시에 채워주는 유일한 일로 생각했기 때문이다. 이와 함께 밀양의 모 초등학교 학교운영위원회 위원장을 맡아 봉사했고, 이것이 인연이 돼 밀양시 학교 운영위원장 협의회 회장을 맡게 되었으며, 급기야 이는 경남도교육청 교육위원 당선으로 이어졌다.

여기서 독자들의 이해를 돕기 위해 교육위원회에 대해 간략히 소개하고자 한다. 역사를 거슬러 보면 교육위원회가 교육법과 교육법시행령의 제정으로 처음 구성된 것은 1952년 5월. 그러다가 1961년 5·16 군사 쿠데타로 그 활동이 정지되는 등 우여곡절을 겪었다. 그 후 새로 제정된 교육자치법에 따라 1991년 초 각 시·도별로 교육위원 선거가 실시되었는데, 이는 첫 민선 교육감이 선출된 같은 해였다.

필자는 여기에 1998년 3대 교육위원으로 뛰어들었다. 경남은 4개의 권역으로 나뉘어졌고 1개 권역에 2명씩 모두 8명의 교육위원이 선출돼 경남도교육청 교육위원회의 구성원이 되었다. 이때 필자가 4권역(김해, 양산, 밀양, 창녕) 2명 중 1위로 당선된 것은 잊히지 않는 기억이다.

교육위원 제도는 그 뒤에 3회 더 진행되다가 폐지되고 개정된 지방교육자치에 관한 법률에 따라 2010년 경남도의회 교육상임위원회로 통합되었다. 도 교육청 교육위원회에서 심의·의결된 안건이 도의회 소관 상임위원회에서 또다시 심의·의결되는 2중의 절차를 밟았는데, 이는 사회적 낭비가 크다는 비판이 많았기 때문이다.

돌이켜보면, 교육위원 시절에는 밀양교육청 신청사를 건립하는 데 일조하였으며 밀양여고 증축에도 힘을 보탰다. 그리고 밀양 무안초등학교 부지를 매각하여 체육공원으로 조성하는 데도 일조하는 등 밀양 지역 교육의 터전을 다졌다. 이는 모두 교육위원 시절이 내 고향 밀양에 선물한 것들이라 할 수 있다. 민선 교육감이 선출되고 교육위원회가 구성된 이러한 절차와 제도의 변경은 결국 교육 지방자치의 활성화에 있다. 다시 말해 교육위원회 제도는 교육의 자주성, 정치적 중립성, 능률성 등을 구현하기 위한 제도이다. 그 도도한 교육자치의 흐름 속에서 필자도 동참하여 그 취지에 발맞추어 능력과 열정을 쏟을 수 있었던 기회에 감사하는 것이다.

경남대학교 정치학 박사학위 영득 축하연(2014. 8. 22)

　무엇보다도 개인적으로는 주경야독 끝에 학사·석사에 이어 박사학위(정치학)를 취득하였는데, 특별히 공부에 재능이 뛰어난 건 아니지만, 한 번도 학업을 손에서 놓지 않았다는 사실과 학업에 대한 뜨거운 열정만은 남달랐다는 사실은 힘주어 말하고 싶은 것이다.

지방소멸, 어떻게 해야 하나

　초록별 지구가 인류의 무분별한 훼손 행위에 의해 신음한 지는 오래 전이다. 그래서 어떤 전문가는 현재 지구에 75억 명이 살고 있는데, 지구가 감당할 수 있는 적정 인구는 25억 명이라고 주장하기도 한다. 이것은 그야말로 이상적인 규모이지 현실성이 있다고 하기는 무리다.

　최근 언론에 발표된 통계를 보면 인구 감소로 인한 지방 소멸 위험이 있는 건 사실이다. 소멸 위기 지역에 속한 전국 59개 지역을 보면 전남이 13곳으로 가장 많았고, 강원 10곳, 경남 9곳 등으로 나타났다. 이들 지역은 고령인구 비중이 전국에서 최상위권을 차지하고 있어 고령화가 지방 소멸을 가속화하는 요인임을 보여주었다.

　행안부의 주민등록 인구통계를 보면 경남의 인구는

2023년 9월 현재 325만 7,009명이다. 2008년 322만 5,255명, 2011년 330만 8,765명을 돌파하고 2017년 338만 404명으로 정점을 찍었다. 이후 하락세로 돌아서면서 지난해 328만 493명으로 10여 년 만에 330만 명 선이 붕괴되었다.

경남에서 가장 인구가 적은 의령군 인구는 2023년 9월 기준 2만 5,620명, 전국 226개 기초 지자체 가운데 215번째로 적다. 경남에서 덩치가 가장 큰 창원시 인구는 101만 1,688 명으로, 특례시의 유지조건인 100만 인구를 위협하고 있다. 인구가 늘어난 곳은 김해시(197명), 양산시(155명), 사천시(56명) 뿐이다. 밀양시를 포함한 나머지 15개 시군은 전월보다 모두 감소한 것으로 나타났다.

이는 수도권 쏠림 현상에다 출산율 저하가 가장 큰 원인이다. 지난 2019년 말을 기점으로 국토의 11.8% 면적에 불과한 수도권에 50.1%의 인구가 몰려 비수도권 인구보다 많다. 통계청 2022년 인구 동향 자료에 따르면 2022년 1월부터 12월까지 경남의 출생 건수는 1만 4,017명이다. 2021년도 1만 5,562명보다 1548명이 감소했다. 최근 5년간의 추이는, 2018년 2만 1,224명, 2019년 1만 9,250

명, 2020년 1만 6,823명으로 계속 내리막을 걷고 있다.

이런 통계들이 지방이란 단어 뒤에 자연스럽게 소멸이란 두 글자를 따라붙게 하고 있다. 물론 과장된 측면도 없지는 않다. 이를 해결하기 위해 정부와 지자체가 매년 엄청난 예산을 쏟아붓고 있지만 아직은 별무효과다. 그래서 지역 실정에 맞는 일자리창출과 수요자 중심의 정책 시행이 무엇보다 중요한 것이다.

양질의 일자리 창출을 통해 생산성이 높은 청년 인력이 다른 지역으로 빠져나가는 것을 막아야 한다. 이를 위해서는 고부가가치 기업을 유치하고, 입주 기업에게는 획기적인 인센티브를 제공해야 한다. 이를테면 지방 소멸 우려 지역으로 입주하는 기업에게는 법인세 등을 차등화해야 한다. 현행 비수도권으로 이전하는 기업의 법인세는 7년간 100% 면제, 이후 3년간 50% 감면하고 있는데, 소멸위기지역의 기업에게는 100% 면제하는 것도 한 가지 방법이다. 이와 함께 이런 기업에 근무하는 근로자에게는 소득세 감면 등을 적극 고려할 수 있다. 이렇게 되면 청년들의 회귀도 기대할 수 있을 것이다.

지난 2018~2022년 사이 15~34세 청년들의 수도권 유입은 42만 9,000명에 달한다. 이 중 15~19세는 3만 9,000명, 20~34세는 39만 명이다. 이들 청년인구의 지방 유출 원인은 15~19세는 중·고교 및 대학의 교육 환경 때문이고, 20~34세는 일자리 때문으로 볼 수 있다. 이를 위해서는 지방대학을 도시정책과 연계하여 육성할 필요가 있다. 따라서 부산대 밀양 캠퍼스의 육성을 놓고 대학과 밀양시가 머리를 맞대어야 한다.

밀양의 깻잎과 사과 등 특산물은 전국적으로도 유명한 만큼 그 유명세를 계속 유지해 나가야 한다. 브랜드가치를 새롭게 손질하고 인터넷 쇼핑몰 유통망을 활성화해야 할 것이다. 인구 감소 지역 대부분의 공통점은 1차 산업 중심의 구조를 가지고 있다는 점이다. 따라서 1차 산업을 6차 산업으로 전환하는 일이 시급하다. 또한 밀양은 유명 사찰과 역사성을 가진 지역이다. "역사는 과거와 현재의 대화"라는 말이 있지 않은가. 과거를 과거에 둘 것이 아니라 스토리텔링을 통해 현재화하는 일이 시급하다.

일본 교토의 경우 옛 수도이고 사찰이 많아서 불상의 금박 칠하는 기술이 발전해 왔는데, 오늘날 이 금박 기술과 관련된 금속 미립자, 금속 진공 분야로 산업구조를 고도화했다. 후쿠다 금속, 교세라, 무라타 등 관련 기업들이 일본의 대표 기업 중 하나로 성장한 것은 시사하는 바 크다. 경남은 의령 한지나 통영의 나전칠기와 같은 지역의 전통산업이 있는데, 경쟁력을 가진 아이템이지만 전통산업으로 지속 가능하게 육성하지는 못하였다.

밀양의 전통음식으로는 돼지국밥을 꼽을 수 있다. 그러나 외지인이 밀양에서 돼지국밥을 먹었을 때 부산이나 김해, 창원, 진주 등지의 '밀양돼지국밥'보다 더 맛있다는 소리를 들은 바 없다. 이것은 우리 밀양 출신 사람들을 슬프게 하는 현실이다. 현실에 안주하고 환골탈태하지 못한 축적된 결과로, 나부터 먼저 반성해야 할 점이라고 생각하는 것이다. 가장 밀양적인 것이 가장 한국적이고 가장 세계적이라는 것은 주지의 사실이다. 접근성으로 따지더라도 밀양만큼 장점을 가진 지역도 드물다고 할 수 있다. 이 밖에도 밀양의 도시적인 매력을 개선하여 인구를 유입시킬 수 있는 요인을 찾아보면, 차고도 넘칠 것이다.

떠오르는 귀농·귀촌 1번지 밀양

'밀양'하면 떠오르는 것은 시골 풍경이다. 소도시에 걸맞은 고즈넉한 시골길과 올망졸망한 산, 정겨운 집들은 어린 시절 개발되지 않은 시골을 연상시킨다.

어릴 적에는 시골 구석구석 아이들이 너무 많아, 초등학교 수업도 오전반과 오후반으로 나누어 진행했었다. 그러나 지금은 시골에 아이 웃음소리가 사라진 지 오래다. 혁신적인 인구정책을 펼쳐서라도 젊은 사람을 많이 끌어들여야만 하는 게 농촌의 형편이다.

이곳 밀양도 발 빠른 정책으로 도시 인구를 유입시키는 데 성공적 발판을 마련하고 있다. 밀양시는 농림축산식품부 공모사업인 '귀농귀촌 유치지원 사업'에 2019년부터 2021년까지 3년 연속 선정됐다. 시는 공모에 뽑혀 확보된

국비로 단계별 맞춤형 지원 정책을 펼치고 있다. 농촌에서 살아보기, 이사비 지원, 시티투어, 주민 초청 행사 등이 그것이다.

우선 '농촌에서 살아보기'는 한 달에서 3개월간 밀양의 한 마을에 거주하면서 지역 주민과 교류를 해보고, 농촌에 정착이 가능한지 시뮬레이션할 기회를 제공한다. 또 귀농 초기 주요 애로사항인 임시 주거시설 지원책인 '귀농인의 집'을 조성해 귀농귀촌인 농촌 이주를 적극 도울 예정에 있다.

밀양시는 귀농인의 영농 활동을 돕는 데도 적극적이다. 멘토 현장 코칭을 통한 영농기술을 가르치고, 농가가 자신의 현장경험을 나누고 영농에 관한 자문을 받을 수 있는 '귀농 현장 닥터'를 운영한다. 또, 청년 귀농인에게는 생활 안정과 영농 기반 마련을 지원하는 '청년 후계농 영농 정착 지원 사업'을 추진하고 있다.

귀농인이 이주 초기에 겪는 경제적 어려움을 해소하기 위하여, 농지 임차료와 귀농인 안정 정착 지원사업과 이사비 지원, 지역주민 초청행사 지원 등도 추진하고 있다.

또한, 시비로 58개 귀농·귀촌 마을 진입도로 확장과 상·
하수도 공급, 세천 정비 등 기반시설 확충 사업을 통해,
도시 사람이 농촌에 사는 데 불편함을 최소화하도록 노력
하고 있다.

　이렇듯 귀농·귀촌을 원하는 사람들에게 농촌을 경험하
고 제 2의 인생을 설계할 수 있는 정책을 펼친 밀양은, 요
즘 도내 떠오르는 귀농·귀촌 1번지로 그 인기가 높아지고
있다. 통계청 자료에 의하면 최근 3년간 5,086세대 6,315
명(귀농 424세대 536명, 귀촌 4,662세대 5,779명)이 제2
의 인생을 설계하며, 밀양으로 귀농·귀촌했다.

　우리는 인생 2모작이 선택이 아닌 필수가 되어버린 수
명 연장의 시대를 살고 있다. 도시에서의 치열하고 삭막
한 삶을 정리하고 농촌에서 새롭게 시작하려는 사람들이
밀양을 선택한다는 것은, 밀양의 새로운 가능성에 대해
시사하는 바가 크다.

　그만큼 살기 좋고 시와 개인이 소통되는, 귀농·귀촌인
을 돕는 도시라는 뜻이 아니겠는가. 나는 그런 밀양이 자
랑스럽다.

중장년층뿐 아니라 청년들까지 밀양에서 새로운 삶을 꿈꾸고, 또 실제로 실행하는 것을 보며 많은 생각을 하게 됐다. 밀양사나이인 나는 지금까지 교육, 스포츠, 소외계층, 노인 문제 등에 적극적인 개선안을 펼쳐왔었다.

시대가 변해도 사람이 하는 일은 다 하나로 통한다. 모든 정책들은 결국 사람이 모여야 가능한 일이고, 밀양이 귀농·귀촌 1번지를 넘어 '귀농·귀촌한 사람이 잘 사는 밀양'으로 나아가기를 응원한다.

크리스마스가 다가오는 12월이 되면, 전국이 문화 공연의 물결로 들썩인다. 밀양에서도 지난 2023년 12월 29일 밀양아리랑 아트센터에서 나윤선 재즈 보컬리스트의 공연이 펼쳐졌다. 프랑스 언론으로부터 '환희가 사라진 음악세계에 나타난 너무나 매력적인 목소리'라는 극찬을 받은 세계적인 재즈 보컬리스트가 밀양을 방문했다니, 격세지감의 감동이 밀려온다.

내 감동은 예전에 수준 높은 공연을 밀양 시민에게 보여주고파 사비를 털어 공연을 기획한 일이 떠올라서다. 당시 밀양은 클래식 불모지라 해도 과언이 아닌 지역이었다. 문화라는 개념도 제대로 없었던 1999년 10월, 밀양에서 펼쳐진 박구령 피아니스트의 공연은 지금도 잊을 수 없는 아름다운 연주로 기억된다.

요즘은 해외 유학파 클래식 연주자를 곧잘 볼 수 있지

1999년 재일교포 3세 박구령 피아니스트 연주회(밀양시청 대강당)

만, 당시만 해도 남의 나라 이야기였다. 당시 나는 박 씨 종친회 청년회장을 맡아, 다양한 문화 활동을 펼치고 있었다. 그래서인지 박구령 피아니스트 측에서 먼저 "서울 공연을 마치고, 밀양에서 공연을 할 수 있도록 주관해 달라"는 의뢰를 해왔다. 그녀는 재일교포 3세로 할아버지가 밀양 교동 출신이었다. 유난히도 손녀인 박구령 피아니스트를 좋아했던 할아버지는, 어릴 적부터 손녀를 무릎 위에 앉혀 놓고 밀양 이야기를 곧잘 해주었었다. 언제나 할아버지의 따스한 목소리로 들어오던 밀양의 논과 밭, 시골집을 보고 싶은 마음에, 그녀가 서울 공연 후 밀양에서 클래식 공연을 하고 싶다는 의사를 밝혔다고 한다. 클래식 공연을 들을 기회가 거의 없는 밀양에 문화라는 씨를 뿌리면 어떨까 생각해 보니, 가슴이 떨려왔다.

박구령 피아니스트가 누군가! 프랑스 '폰토이스 국제 피아노 콩쿨'에서 1위 입상, 바르셀로나에서 열린 '마리나 카날스 국제콩쿨'에서 1위 입상, 모스크바의 '콘서바토리'를 수석 졸업한 세계적인 피아니스트가 아닌가! 박구령 피아니스트에게 그토록 염원하는 할아버지 고향 밀양에서 멋진 연주회를 선물하자는 생각과 밀양 시민에게 클래식 향유의 기회를 주고 싶다는 의지가 솟구쳤다. 그래서 회장을 맡고 있는 '신라오릉보존회 밀양 지부 청년회' 주관으로 피아노 공연을 추진했다.

드디어 10월 11일 밀양 시청 대강당에서 공연이 펼쳐졌다. '호두까기 인형' 같은 정통 클래식 음악도 멋있었지만, 그녀가 준비해온 한국 동요 메들리는 밀양 시민을 열광시켰다. 공연장은 관객의 뜨거운 함성과 박수가 넘쳐났다. 이 독특한 연주회는 MBC와 각종 방송매체의 관심을 받으며, 중소 도시에서 열린 가장 아름다운 공연으로 손꼽혔다. 가을비가 촉촉이 내리던 시월, 이국에서 온 천재 피아니스트의 공연은 밀양 시민의 마음에 단비와 같았다.

공연이 끝난 뒤 관객들이 몰려와 "이런 감동적인 공연을 밀양에서 개최해 주셔서 정말 감사합니다. 감명받았습니다!"라고 말했다. 감동으로 반짝이는 그들의 눈에 고인 눈

물을 보니 힘들게 공연 준비를 하며 고단했던 마음이 따
스하게 녹았다. 밀양에서 사는 사람은 예술에 민감하고
또 사랑한다. 이번 겨울에는 어느 바이올리니스트의 부드
러운 선율을 음미하며, 클래식의 향기에 젖어보고 싶다.
　박구령 피아니스트와 그녀의 아버지는 할아버지의 산
소를 찾아 예(禮)까지 올렸다. 또한 이 행사 경비가 내 개
인 사비로 충당되었다고 박구령 피아니스트의 아버지께
서 봉투를 주셨는데 나는 이를 완강히 거절했다.

창원 윈드오케스트라 정기연주회 특별공연 (2018. 5. 29)

병신 춤, 문등 춤 신명나는
밀양 놀이판 이야기

밀양은 국내에서 가장 많은 유·무형 문화재가 지정된, 그야말로 신명이 넘치는 지역이다. 가장 많이 알려진 '밀양아리랑 대축제'는 2023년 기준 제65회를 맞은 유서 깊은 향토문화제다. 민속놀이와 민속예술이 어우러지고, 지역 예술인과 밀양 시민이 화합을 다지는 매개체가 되고 있다.

나는 이렇듯 밀양의 유구한 역사를 자랑하는 전통놀이에 관심이 많아, 놀이판에 자주 참여하곤 한다. 밀양 대동놀이(전해 내려오는 놀이)에는 백중놀이와 법흥상원놀이, 무안 용호놀이, 감내게줄당기기 등이 유명하다.

"에헴" 헛기침하며 점잔을 빼는 양반이 이런 신명에 참여할 리는 만무하고, 이 놀이들은 머슴이나 상인, 백성들의 전유물이었다. 신분사회인 조선시대에 고단한 삶을 견디며 배운 풍자와 해학이 녹아있어, 한바탕 양반 욕을 푸지게 해대며 카타르시스를 느끼게 된다.

백중놀이는 음력 7월 보름(백중)에 노는 놀이로 무형문화재 68호로 지정되어 있다. 세 벌 김매기가 끝나고 휴한기에 들면서 농민들의 축제가 벌어지는 것이다. 술과 음식을 나눠 먹고 징, 꽹과리, 날라리, 북, 장구를 치며 하루를 시끌벅적하게 노는 농민 명절이다. 놀이판에서 병신춤, 문둥이춤을 우스꽝스럽게 추며 양반을 비꼬지만, 그 속에는 백성의 깊은 한이 투영되어 있다. 또 일 년 중 일을 가장 잘하는 머슴을 소에 태우고 논을 돌고 주인집에 들러 술 한 사발을 들이켠 후, 재판놀이를 하는 그야말로 드라마틱한 스토리를 자랑한다.

법흥리 사람들은 정월대보름에 법흥상원놀이를 했다. 이 놀이는 정월대보름의 당산제와 지신밟기, 윷놀이 등 민속놀이와 민요를 재구성했다. 법흥리에는 재미있는 설화도 내려오는데, '마을 입구 오랜 당산나무에서 곡성이 나고 마을에 재액이 일어 주민이 불안해했다. 지나가던 도사가 당목에 짝을 지어주고, 사당을 만들고 법고를 안치하고 정월대보름에 동제를 지내니 태평했다'고 한다. 법홍리에서는 해마다 당산제를 지내 마을의 평안을 기원한다.

무안 용호놀이는 동부의 용 진영과 서부의 호랑이 진영의 한바탕 줄다리기다. 진영 대장이 줄 머리에 올라타 용맹하게 지휘하고, 농악패가 주위에서 흥을 돋운다.

감내게줄당기기는 정월대보름에 하는 줄다리기다. 재미있는 점은 줄다리기를 목에 걸고 10명에서 20명의 참가자가 서로 겨루는데 이때 땅을 기는 형상으로 줄을 당긴다. 민물 게를 잡기 위한 자리다툼을 막기 위해 탄생했다는 설과 초동들이 지게꼬리 끝을 매달아 목에 걸고 당겼다는 설이 있다.

이렇게 밀양의 민속놀이는 그 전통과 디테일이 뛰어나다. 지켜나가야 할 것이 무엇인지 알고, 또 과거와 현재를 잘 아울러 다음 세대에게 전해주는 밀양이야 말로 살아있는 민속놀이 박물관이다. 이런 신명은 자본주의 경쟁에 지치고 힘든 사람들에게 커다란 위안과 즐거움이 될 것이다.

나는 그런 밀양의 시민들에게 '멍석을 깔아주고 마당을
열어주자'는 마음으로 지금껏 살아왔다. 내 삶의 신명은
언제나 '밀양 사나이'에서 기인하는 것이다.

스포츠 메카 밀양

나는 초, 중, 고 시절 육상 선수까지 했던 운동 마니아다. 운동이라면 육상, 야구, 축구, 테니스 등 무엇이라도 좋아하고 즐긴다.

내 생애 가장 가슴 뜨거웠던 스포츠에 대한 기억은 단연 월드컵 4강 진출일 것이다. 당시, 대한민국은 '스포츠'라는 매개체로 전 세계에 Korea의 저력을 보여주었다. 4강 진출은 우리가 경제 강국을 넘어 스포츠 강국으로 발돋움하는 엄청난 사건이다. 선수들과 한마음으로 뛰는 '붉은 악마'의 응원 물결은, 전 세계에 생중계되며 민족적 감동을 증폭시켰다. 국민들은 너나 할 것 없이 붉은 악마 셔츠를 입고, 하나가 되어 대한민국을 열렬히 지지했다.

'붉은악마'라는 명칭은 1983년 멕시코 세계 청소년 축구

대회에서 4강 신화를 이룩해 세계를 놀라게 했던 우리 청소년 대표팀을, 현지 언론에서 붉은 악령(Red Furies)이라고 부른데서 유래한다. 당시, 대한민국은 대한의 '붉은 악마'를 깨움으로, 잊고 있었던 민족적 자부심이 살아나고 모두가 하나 되는 집단 사회 경험을 했다.

교육위원 시절 육상부 후원

밀양에서 나고 자란 나는 2000년 말 밀양 시민 후원 단체인 '밀양 육상 후원회'를 결성하고, 밀양에 육상을 활성화시키기 위해 노력했었다. 밀양 육상 후원회는 창립부터 세간의 이목을 끌며, 육상 유망주 발굴과 양성에 많은 도움을 주었다.

당시 밀양여자중학교의 백혜진이라는 선수가 있었는데, 뛰어난 육상 실력으로 타 도시에서도 치열한 스카우트 경쟁을 벌인 인재다. 백 선수가 수많은 유혹에도 고향인 밀양 '세종고등학교'에 진학한 것은, 밀양 육상 후원회 노력의 첫 결실이라고 할 수 있다.

후원회는 한 구좌 5,000원의 후원금을 모금하고, 소속 여성회를 주축으로 한 일일 찻집 성금 마련, 밀양 출신인 고 박연차 태광실업 회장과 밀양 출신 기업인들이 보내온 성금으로 운영되었다. 후원금은 밀양의 육상 꿈나무들에게 지급되었고, 선수들에게 지속적인 응원과 관심을 보내주는데도 신경 썼다.

2023년 밀양육상연맹이 육상 꿈나무에게 장학금을 기탁하고 육상 지역인재 발굴에 박차를 가한다는 기사를 접했다. 오래전 뿌린 씨앗이 10여 년이 훌쩍 넘은 지금, 이토록 건실하게 결실을 맺고 있으니 기쁨이 배가 된다.

밀양 스포츠계에는 경사가 또 하나 있다. 꿈의 야구장인 '선샤인 밀양스포츠파크 야구장'이 본격 운영될 계획이기 때문이다. 2024년부터 대규모 야구대회가 개최되는 이

곳에서 밀양의 스포츠는 더 큰 도약을 준비하고 있다. 오래전 시민들을 끌어 모아 육상 꿈나무 후원회를 결성하기 위해 동분서주하던 시절을 회상하며, 내심 뿌듯하고 자랑스럽다. 밀양은 좋은 씨를 뿌리면, 크고 건강한 열매가 열리는 도시임에 틀림없다. 특히 밀양의 아들 김정윤(한국 체대 2학년)은 이번 2025년 하계 유니버시아드(세계 대학 경기대회) 남자 육상 400m 계주에서 한국 사상 첫 금메달을 획득했다.

밀양을 달리는 효자들

　나는 밀양 택시 운전자에 대해 매우 좋은 인상을 가지고 있다. 택시를 자주 이용하지는 않지만, 청결한 내부와 친절한 운전자의 응대에 기분이 좋아진 경험이 많기 때문이다.

　간혹 불친절한 운전자를 만나기라도 하면 가는 내내 맘이 불편해 어서 내리고 싶다는 생각이 앞서지만, 그것은 극소수의 사례다. 회사에서 고객 응대 교육을 잘 받아서 그런지, 요즘은 운전자 대부분이 아주 친절하다.

　예전에 우연찮게 밀양 모범운전자회의 고문을 맡은 적이 있다. 모범운전자회 회원들은 모범이라는 말이 어울리게 어려운 일이 생기면 발 벗고 나서서 서로 돕고, 교통 문제가 발생하면 자율적으로 교통정리를 해 주시기도 한다.

그들은 봉사활동도 열심히 하고, 항상 어려운 이웃을 돕는 데 시간과 노력과 돈을 아끼지 않는다. 이렇듯 꾸준히 봉사를 한다는 게 쉬운 일은 아니다. 특히 택시는 경기에 예민한 업종이고, 열심히 일을 해도 생활이 빠듯한 게 현실이다.

당시 밀양의 모범운전자회 회원들은 그런 어려운 상황에서도, 즐거운 마음으로 다양한 봉사를 펼치고 있었다. 그들은 해마다 어르신들을 모시고 효도관광 투어를 다니는 봉사를 했다. 모두가 참석하기는 어려워 한 번 행사할 때 약 40여 명의 회원이 참여했다.

택시뿐 아니라 자동차까지 동원해 한 번에 40여 명의 어르신을 모시고 효도관광을 떠나는데, 코스는 밀양시청 앞에서 출발해 삼랑진 여여정사와 배내골, 밀양댐, 박물관 등이다. 마침 여여정사는 내가 신도 회장을 맡고 있어, 우리에게 떡과 과일을 대접해 주었다.

관내 어르신이 자녀와 함께 관광을 하는 경우도 많겠지만, 실상은 거동이 불편하고 걷기를 힘들어하시는 어르신의 관광은 매우 제한적일 수밖에 없다. 또, 자녀들이 바빠

부모님 여행에 신경 쓰지 못하는 경우가 대부분이다. 그런 사정에 착안해 모범운전자회가 어르신들에게 아들, 딸 노릇을 해주자는 취지였다.

어르신들은 그분들만의 대화거리가 있고, 그들만의 감성이 있다. 여러 어르신들을 모시고 효도 관광을 다니다 보면, 어린아이처럼 그렇게 좋아하시는 모습에 오히려 회원들이 감동을 받는다. 답답한 경로당이나 집 안에서만 생활하시다가, 탁 트인 밀양 명소에서 세상 구경을 하니 얼마나 즐거우셨겠는가.

어르신들과 도란도란 얘기도 하고 노래도 불러드리며 1일 아들, 딸 노릇을 톡톡히 하니, 연세 들어 소외된 생활에 우울해하시던 분들도 활력을 찾았다. 회원들도 자기 부모처럼 생각되어 보람이 크다고 했다. 생활이 어려울수록 더 어려운 이웃을 돌아보고, 자신의 사회적 책무를 찾아 나가는 그분들의 모습에서 밀양의 저력을 느낄 수 있었다.

밀양에 외지인이 오면 가장 먼저 만나는 사람이 택시 기사일 것이다. 큰돈 들여 정책적으로 밀양 홍보를 하는 것

도 좋지만, 밀양에서 처음 만나는 이분들의 친절이 외지
인에게는 더 피부에 와 닿을 것이다.

　나는 밀양의 숨은 천사들에게 항상 감탄을 금치 못한다.
그리고 밀양을 달리는 효자들을 소개하는 지금, 그 누구
보다 밀양 사나이인 것이 자랑스럽다.

케이크 속에 담긴 사랑과 눈물

　나는 어릴 적부터 스크린을 통해 숱한 범죄 영화를 보아 왔다. 영화 〈쇼생크 탈출〉과 〈도망자〉, 〈장발장〉 등 교도소가 등장하는 영화를 보면, 암울하고 무거운 교도소에 격리된 죄수들이 가엾게 여겨졌다.

　직접 교도소를 가 볼 기회는 없었지만, 억울한 누명을 쓰고 복역하거나 순간적인 실수로 돌이킬 수 없는 죄를 지은 이들이 많다고 한다. 교도소는 재판에서 형(刑)이 확정된 사람들이 복역하는 곳이다. 교도소 수감은 사회와의 격리를 의미하며, 즉 격리시킬 만큼 중한 죄를 지었다는 뜻이기도 하다.

　예전에는 교도소에 수감된 사람의 인권이 무시되는 일도 많았지만, 지금은 최소한의 인권을 보장하며 사회적응에 필요한 기능을 가르치고 있다.

교도소에 가기 전, 재판을 기다리거나 진행 중인 사람이 머무는 곳이 구치소다. 그리고 유치장은 경찰서 내에 있으며 '준 형사 수용시설'로써 구류(1일 이상 30일 미만의 구금형)를 받거나 경범죄자, 구속영장이 발부되기 전 체포된 사람을 임시 유치시키는 곳이다.

1995년쯤 나는 밀양경찰서의 '유치인 상담위원장'을 맡았다. 세상과 격리된 암울한 현실에 처한 그들에게 내가 무슨 위로가 되겠냐 만은, 그들의 답답한 처지와 심정이라도 들어주고 싶었다. 유치인들은 처음에는 생판 처음 보는 사람이 찾아와서 얘기를 하자고 하니, 잔뜩 경계를 하고 좀처럼 속내를 드러내지 않았다. 그렇지만 두 번, 세 번 꾸준히 방문하면서 그들도 나를 반기고 맘을 터놓고 얘기를 하기 시작했다.

나는 누구를 만나든, 그 사람의 이야기를 들어주려고 애썼다. 얼마나 사람이 그립고, 두려울지 생각하니 '어찌어찌 살라'는 식의 잔소리가 나오지 않았다. 어릴 적부터 불우한 인생을 살아온 이들도 많았고, 지금도 가족 걱정에 힘들어 하는 사람도 있었다. 그런 그들에게 내가 무엇을 안다고 지도를 하겠는가. 대신 최대한 들어주기 위해 노력했다.

내가 본 유치인들은 자신의 죄에 대해 누구보다도 뼈저리게 후회하고, 뉘우치고 있었다. 가장 많이 들은 말이 "다시 사회에 나가면 다시는 이런 실수를 하지 않겠다"는 것이었다.

한번은 서른 살쯤 된 한 청년과 대화를 나누고 있는데, 그의 얼굴이 무척 어두워 보였다. 무슨 일이냐고 묻자, 그는 눈물을 글썽이며 "엄마가 보고 싶어서요…. 사실 제 생일이 다가오거든요"라고 말끝을 흐렸다. 사람이 태어나 생일날만은 주위 사람들에게 사랑과 축복을 받는데, 축복은커녕 유치장에 격리되어 우울한 시간을 보내고 있다고 생각하니 마음이 아팠다. 그래서 살짝 밖으로 나가 생일 케이크와 다과를 준비해 돌아왔다. 청년은 케이크를 들고 다시 나타난 내 모습에 처음에는 어리둥절해 하다가, 자신의 생일 파티 케이크임을 알고는 커다란 두 눈에서 눈물이 주르륵 흘러내렸다.
"이렇게 감격스러운 생일은 처음입니다."

청년의 짧은 말속에는 그간의 마음고생과 내 관심에 대한 감격이 진하게 담겨있었다.

"이런 따뜻한 마음 느낀 게 너무 오래되었네요……. 이제 죄짓지 않고 진짜 이를 악물고 열심히 삽니다. 나도 어려운 사람을 도우며 살고 싶어요" 청년의 말에 내 눈시울도 붉어졌다.

이 일이 있은 후 우리 유치인 상담위원들은 '생일 찾아주기 운동'을 전개했다. 매달 첫째 주 목요일에 조촐한 생일 파티를 열어주고, 진정한 관심과 응원을 보내는 시간이다. 전국 최초로 유치인 생일을 챙긴 미담은 어느새 소문이 퍼져 MBC '손석희의 시선집중' 라디오 프로에도 소개되어 인터뷰까지 하게 된 것이다. 이 일로 나는 경남 경찰청장 감사장도 받았다.

우리의 좋은 취지를 본받고자 하는 전국 유치장에서, 이 운동을 전개한다는 훈훈한 소식이 전해져 오기도 했다. 이후, 유치인을 위한 생일파티는 따뜻한 관심과 재능기부를 받으며 제법 규모 있는 행사로 확대됐다.

당시 용궁사 주지 정무스님 주관으로 밀양 불교합창단

이 노래와 케이크, 떡을 선물했다. 재능기부를 아끼지 않는 합창단의 노래에 유치장은 흥겨운 가락이 넘쳤다. 그리고 목사님과 스님이 인생을 돌아보는 말씀으로 감동을 주었다.

밀양경찰서에서 시작된 이 작은 생일 파티는, 모두가 화합하는 귀한 시간이 되었다. 케이크 속에 담긴 눈물은 사람의 마음을 움직여, 물결이 돼 전국으로 확산되어 갔다. 이 일은 지금도 내 마음 속에 진한 감동으로 자리 잡고 있다.

새천년 밀양교육발전 모임

1999년 12월 20일 밀양교육청에서는 '새천년 밀양교육 발전을 위한 모임'을 가졌다. 밀양교육을 걱정하는 초, 중, 고교 교장, 교감, 삼락회(원로선생님), 운영위원회, 어머니회, 담당 선생님, 학교 운영위원장, 어머니회 회장 등 100여 명이 한 자리에 모였다.

이는 며칠 후면 새로운 천년을 맞이하는 것을 계기로 학교 교육이 바로 되어야만 지역사회가 발전할 수 있다는 것을 모두가 공감하고, 새천년에 걸맞은 성과를 내기 위하여 열심히 할 것을 다짐하는 자리였다.

올해는 우리 교육에 있어 무척 힘든 한 해였다고 생각한다. 교원정년단축, 명예퇴직, 교육개혁 등으로 인하여 우리 교원들은 사기가 많이 저하되고 교단을 지킨 수많은 교원들에게 감당하기 어려운 아픔을 안겨주었다. 이럴 때 밀양교육청에서는 처음으로 학교 운영에 관계하는 선생님, 학부모들이 한자리에 모여 조금이나마 위안도 드리고 사기도 북돋우고자 이런 자리를 함께하기로 한 것이다. '교장선생님, 여러 선생님들 힘을 내십시오, 저희 학부모들이 열심히 도와드릴 것입니다.' 새삼스런 다짐을 다지는 자리이기도 했다.

이제 며칠 후면 새로운 천년을 맞이하게 된다. 준비하는 지역사회만이 새로운 밀레니엄 시대의 번영을 기대할 수 있다고 본다. 그러나 그런 기대는 그저 기대한다고 해서 저절로 이루어지는 것은 물론 아니다. 기대에 걸맞게 새로운 밀레니엄 시대를 대비하여 지역교육의 미래를 준비하여야 한다. 우리 지역의 교육이 바로 되어야 만이 지역사회가 발전할 수 있고 또한 국가의 장래가 달려 있기 때문이다.

학교에 관심을 가지고 학교 운영에 참여하는 여러 학부모, 지역 위원들이 정말 참된 봉사자라고 나는 강조하고 싶다. 어려운 이웃을 돕고 남을 위해 좋은 일을 하는 분들도 사회적으로 존경을 받을 일이지만, 학교나 학생들을 위해 참여하여 많은 관심을 보여주어야 한다. 또한 우리 선생님들이 사회적으로 존경받는 사회가 되어야겠다. 우리 선생님의 위상, 사회적인 권위가 하루빨리 정착되기를 바란다.

– 1999년 12월 31일자 밀양신문(특별기고)

자치단체도 브랜드를 갖자

최근 시·군 행정기관, 일선학교 등을 방문하는 기회가 종종 있다. 이렇게 각 기관에 들를 때마다 느끼는 점은 모두가 그 기초단체의 특징을 홍보하기 위해 노력하는 것을 많이 볼 수 있다는 것인데 이는 정말 바람직한 일이라 생각되었다.

예를 들어 「녹차마을 하동」, 「휴양의 섬 남해」, 「공룡나라 고성」, 「물레방아 고장 함양」 등 이것은 일종의 자치단체를 브랜드화 시키자는 전략이다. 일찍이 타 시·도에서는 그 지망의 특색을 브랜드화하여 자치단체를 널리 홍보하는 것을 볼 수 있었다.

심지어는 어쩌면 우리 것이라 할 수 있는 소재들까지 가져가 자기 지방화 시킨 사례들도 더러 있다. 예를 들면 「홍부마을」, 「변강쇠 고향」 등은 우리 지방에서 선점하여도 될 것들이 다른 지방에서 먼저 브랜드 상품화된 사례라 볼 수 있다.

우리도 늦은 감이 있으나 이제 기초단체들이 저마다 자기 지방의 특색을 찾아내 브랜드화된 자치단체를 경영하려고 노력이 보이는 듯해, 반가운 마음이 들기도 한다. 글로벌화되고 있는 현대사회에서 이런 브랜드화가 어찌 기관에만 해당이 될 것인가? 기관뿐 아니라 개인들도 자기 브랜드를 가져야 할 필요성이 대두되고 있는 듯하다.

'데이빈 안드루시아'와 '릭 하스칸스'는 「당신 자신을 브랜드화하라(Brand yourself)」라는 책에서 "자기 분야에서 최고가 되려면 무조건 열심히 하는 것 이상의 그 무엇이 필요한데 그것이 바로 자신을 브랜드화하는 전략"이라는 강조했다. 자신을 남과 다르게 보이는 방법이 바로 브랜드화 전략이기 때문이다.

오늘날 전문화되고 있는 사회에서는 전문성을 지닌 개인은 자신의 몸값을 극대화시킬 수 있는 전략을 알고 있어야 한다. 지금까지 개인 브랜드 전략은 주로 정치인이나 연예인 등이 활용해 왔다.

　카터 대통령의 청교도적인 깨끗한 이미지와 백만 불짜리 미소, 레이건의 낙천성과 강한 이미지 등은 선거전에서 승리로 연결된다. 영화배우 줄리아 로버츠는 똑똑하기보다 약간 뻔뻔스럽고 귀엽고 섹시한 모습으로 자신을 브랜드화 시켜서 성공하였다. 그는 지금 편당 2천만 달러 이상의 출연료를 받는 헐리우드 최고 스타다.

　이제 이런 브랜드화 전력은 개인이나 기업은 물론 자치단체, 국가에 이르기까지 그냥 열심히 자신의 능력을 발휘하는 것이 아니라 상대방이 더 관심을 가지게 하고 호감을 느끼게 하며 신뢰할 수 있는 브랜드를 만드는 쪽이 성공하고 있다.

　자장면 신속 배달로 성공한 화제의 인물 조태훈 씨는 「번개표」로 자신을 브랜드화하여 성공한 사례이다. 이 평범한 진리를 남보다 먼저 깨닫고 실천하는 사람은 수많은 기회를 이미 얻고 있다. 이 사람들의 이름이 바로 브랜드화 되었기 때문이다.

직장 내에서도 마찬가지다. 김 대리, 최 과장, 이 팀장이 바로 개인 브랜드화 될 수 있다. 이름만 들어도 직장 상사, 동료, 부하 나아가서는 고객들에 독특한 이미지를 연상시킬 수 있기 때문이다.

금년도 미국 심리학회에서 발표된 논문은 이런 주장에 설득력을 더해주고 있다. 「직장 내에서 누가 더 빨리 승진하고 누가 더 많은 연봉을 받고 있는가?」라는 논문은 이렇게 밝히고 있다.

실력만으로는 결정되지 않고 더 중요한 것은 직장 내에서 형성된 「인기」에 있다. 이것은 이제 성공을 위해서는 「실력+α」가 바로 브랜드 가치라고 해도 크게 틀린 분석은 아닐 것이다.

필자가 돌아본 기초 지방자치단체들 중 지역의 특징을 브랜드화 시키려고 노력하고 있는 곳과 그렇지 않은 곳의 이미지를 부각시키는 데 현저한 차이를 느낄 수 있었다. 앞으로 자치단체들도 그 지방의 특산물이나 자랑거리를 주민들로부터 공감대를 조성, 브랜드화하여 홍보해 나간다면 성공을 거둘 수 있을 것이다.

개인은 물론, 기업과 자치단체들도 자기 브랜드를 가져
야만 경쟁력을 가질 수 있다는 생각이다.

자! 지금 우리는 무엇을 어떻게 해야 할 것이나?

우리 모두의 가장 큰 숙제로 알고 열심히 풀어나가도록
해야 할 것이다.

– 2003년 6월 21일 경남신문

'제1회 경남 청소년 K-pop 경연대회'를 마치며

지난 17일 전국에서 최초로 열린 '경남 청소년 K-pop 경연대회'가 1,000여 명의 도내 청소년 및 도민들이 참석한 가운데 화려하게 마무리됐다.

이번 대회에는 도내 청소년들로 구성된 200여 개 팀이 참가 신청을 했다. 지난 9월 7일부터 도내 각지에서 열린 지역 예선을 거쳐 최종 12팀을 확정해 대회를 치렀다.

K-pop 초청 가수 옐로우, 제이 준, 이지, 아일라의 화려한 공연도 곁들여진 이번 대회는 전 세계에 한국의 위상을 드높인 K-POP의 외연을 더욱 확대하고 경남을 전 세계에 알린다는 거창한 포부도 함께 내비친 행사라고 말하고 싶다.

무엇보다 도내 청소년들에게 건전한 놀이공간을 제공하고 끼와 재능을 마음껏 발산할 수 있는 토양을 제공했다는 자부심이 앞선다.

대회가 열리기 전까지 많은 분들이 우려를 표했지만 '불광불성', 미치지 않으면 일을 이룰 수가 없다는 신념으로 행사준비에 임했다. 지금 회고해 봐도 참 보람 있는 시간이었고 나름의 성과를 거뒀다고 자평해 본다. 지난 1년간 힘든 일도 많았다. 그러나 많은 분들의 격려와 위로가 어려움을 타개하는 큰 힘이 됐고, 그로 인해 더 큰 용기를 가질 수 있었다.

이번 대회가 갖는 의의가 많지만 우선적으로 내세울 수 있는 것은 청소년들에게 건전한 놀이문화의 모티프를 제공했다는 점이다. 청소년들의 무한한 끼와 남다른 재능을 조기에 발굴해 육성할 수 있는 장을 펼친 것으로 이해해 줬으면 좋겠다.

비록 작은 행사라고 할지 모르지만 이런 행사들은 날로 심화되는 청소년들의 개인주의와 이기주의 성향을 희석시키는 데 기여하고 서로 화합하고 소통하는 데 많은 역

할을 할 것이라고 믿는다. 특히 문화의 주류, 주체인 청소
년들이 풍부한 감성과 바른 인성, 건강한 정신을 바탕으
로 앞날의 꿈을 펼쳐나가는 데도 많은 부분 기여하리라
믿는다. 소외된 계층과 다문화가정 청소년들에게 꿈과 희
망을 심어 주는 계기가 됐다는 생각도 함께 해본다.

이번 대회의 성공적인 모습을 보고 경남에너지, 창원경
륜공단, 경상남도 경영자총연합회 등의 여러 단체에서도
내년 행사에 대해 적극적으로 후원하겠다는 뜻을 보내온
것도 나름의 큰 결실이다.

올해 처음 시도된 행사라 여러 가지 시행착오도 있었다.
그러나 매년 이 행사가 발전적인 모습으로 나아갈 수 있
다는 가능성을 확인했다는 사실 하나만으로도 적잖은 성
과다. 지역사회 단체나, 교육단체, 학부모, 도민 여러분
들이 지속적인 관심과 애정을 보여준다면 앞으로 더 좋은
행사로 발전할 것이라 자신한다.

늦었지만 이 자리를 빌려 행사를 위해 아낌없는 후원을
해준 경남도, 경남도교육청, 창원시, 농협경남지역본부,
부경양돈농협에 감사드린다. 어려운 여건 속에서도 청소

년 사랑을 묵묵히 실천해준 분들 중 (주)현대정밀 오춘길 회장, (주)사릭 고재곤 회장, (주)한국야나세 우영준 회장, (주)심산유곡 김정기 회장, (주)세창악기 최호진 대표이사님 등 본인을 포함해 천만원 이상 지원을 해 주신 분들도 계셨고, 모금액이 1억원 이상이 모이게 되었다. 또한 행사를 공동으로 주최한 KBS 창원방송총국에 감사드리고 특히 이번 대회에 누구보다 남다른 관심을 보여준 경남신문사에 깊은 감사 인사를 드린다.

– 2013년 11월 28일 경남신문

성공의 계단

'티끌 모아 태산'이라는 속담이 있다. 또 '천 리 길도 한 걸음부터'라는 속담도 있다. 대개의 경우 사람들은 돈을 모으고 불려 나갈 때 이런 속담에 걸맞게 한푼 두푼 어렵사리 모으고 불려 나간다.

어디 돈뿐이랴. 명성도 그렇고 성공도 그렇다. 대개의 경우 어느 시점에 서서 뒤돌아보면 다시 떠 올리기도 싫은 과거의 쓰라림도 없지는 않겠지만 때로는 그 쓰라린 과거의 상처조차 아름다운 추억으로 장식될 때가 있다.

원래 과거라는 것이 그런 것이다. 그런데 과거가 없는 사람도 있다. 과거가 없다는 말은 지나온 날들이 없었다는 말이 아니라 돌아보면 기억에 남을 그 무슨 꼬투리조차 생각해 낼 것이 별로 없는, 그런 사람이다. 어쩌면 그런 삶은 그저 너무나 단조로워 삶의 참맛을 미처 느낄 수 없지 않을까 싶다.

50대의 어느 사람이 그야말로 천신만고 끝에 50평짜리 새 아파트를 사서 이사를 갔다. 그동안 전세방에서 시작해서 그야말로 억척으로 돈을 모아 처음으로 내 집인 13평의 아파트를 마련했을 때 눈물이 날 것만 같이 기뻤던 그 아련한 기억에서부터 오늘에 이르기까지 이런저런 감회에 젖어 대문을 열고 집을 나서는데 앞집 사람을 만났다.

그런데 그들은 20대 후반의 갓 결혼한 신혼부부였단다. 놀랍기도 하지만 또 한편으로 생각해 보니 '저들은 한 계단 한 계단 오르며 그 무언가를 이뤄 나가는 즐거움을 알기나 알까?' 하는 생각에 오히려 자신이 더 나은 삶을 살고 있다는 생각을 했었다고 하는 말을 들은 적이 있다.

산을 좋아하는 사람들의 목적지는 정상이다. 그 산이 높건 낮건 그 어느 산이든 정상에 올라 힘들여 올랐던 그 길을 돌아보면 새삼 뿌듯한 기분이 들기 때문이다. 거칠 것 없는 시원한 바람이 불어와 이마에 맺혔던 땀을 식혀주면 가슴까지 다 시원해지는 그런 기분이 들기도 한다.

　지리산 노고단은 해발 천오백여 미터, 오르는 길은 코가 땅에 닿을 듯 가파르다 해서 '코재'라고 불리는 힘든 길도 있고 등산로 따라 맑은 개울이 흐르는 멋진 곳도 있다. 그런데 이 어려운 산길을 올라 땀을 닦다 보면 '슬리퍼' 신은 채 오른 등산객(?)도 보인다. 그들은 잘 닦인 도로를 차로 넘다가 성삼재에서 시멘트 포장길을 따라 2~3킬로미터 남짓 휘적휘적 편하게 걸어 오른 사람들이다. 그들이 과연 땀의 의미며 등산의 참맛을 알까?

　요즘 TV에 보면 오락프로에서 서로 겨루는 프로가 많다. 그런데 한참 점수 경쟁을 펼치다가 단 한 번에 선두가 뒤바뀌는 일이 많다. 아니 어쩌면 억지로 순위가 뒤바뀌기를 바라며 그리 되도록 유도하기도 한다. 소위 뒤집기 한 판이라든지 역전 찬스라는 이름으로 행해지는 오락 프로들! 하긴 예측 불허의 경기가 훨씬 스릴이 있고 흥미도 배가가 되기 때문이겠지만 재미로 보는 오락 프로에서도 우리의 비뚤어진 자화상은 아닐지 노파심에서 하는 말이다.

부연해서 말하자면 대개의 사람들은 무슨 겨루기든 약자를 응원하기 마련이다. 어쩌면 이런 마음들은 박수를 칠 일이다. 그러나 그것이 혹시 선두에 대한 불같은 질투심에서 비롯된 것은 아닌지 하는 점이 문제다. 뒤처진 사람들에겐 격려의 박수를 보내야 한다. 그러나 그에 못지않게 일등을 하는 사람에게는 조금 더 힘을 내어 '유종의 미'를 거두기를 응원해야 한다.

한 판 뒤집기!

복권이 인기를 모으고 도박장이 성업을 이루는 현실이 이와 맥을 같이 하는 건 아닌지 모를 일이다. 언제부턴지 우리는 과거의 발자취야 어떻든 결과에만 매달리는 듯하다. 그래서 이런 세태가 무슨 일이든 차근차근 쌓아가서 이루려는 성실한 자세에 혹여 폐가 될까 이를 우려하게 된다.

과거가 없는 현재가 어디 있겠는가? 가끔은 장관이나 요직에 이름을 올린 사람들이 과거의 떳떳치 못한 행적 때문에 낙마를 하는 경우를 본다. 삶은 점이 아니라 선이다. 과거가 없는 현재가 없다.

그러하기에 쓰라린 과거마저 우리는 추억이라는 이름

으로 아름답게 채색하지 않던가? 과거를 잃어버리는 것은 인생의 손실이며 잊고 싶은 것은 잘 못 살아온 것에 대한 회한이다.

어느 한순간 인생이 바뀐다는 어느 복권의 홍보 문구인 '인생역전(人生逆轉)을 꿈꾸는 것 못지않게 인생역정(人生逆程)을 가꾸는 일에 보다 많은 관심을 기울여야 하지 않을까 싶다.
여기 사명대사의 스승이신 서산대사의 한시 한 수를 반추해 본다.

踏雪野中去 (답설야중거)

不須胡亂行 (불수호란행)

今日我行跡 (금일아행적)

遂作後人程 (수작후인정)

눈 내린 들판을 밟아 갈 때는

모름지기 그 발걸음을 어지러이 하지마라.

오늘 걷는 나의 발자국은

반드시 뒷사람의 이정표가 될 것이다.

가수는 프로, 농사는 아마

나는 요즈음 가수 활동을 하면서 시간이 날 때마다 틈틈이 농사를 짓고 있다. 농작물과 나무들이 자라는 과정과 수확하는 기쁨, 또 그것들을 이웃과 지인들에게 나눠주는 기쁨에 빠져있다. 농자 천하지대본(農者天下之大本)이라는 말을 실감하는 것이다.

나는 1 농장인 밭 890평에 엄나무와 가죽나무 등을 심었다. 2 농장인 대지 250평에는 두릅나무를 심었고, 표고버섯도 재배하고 있다. 3 농장인 산 2,500평에는 산초와 제피나무, 고로쇠나무 등이 자라고 있다. 이들 농지의 빈터 곳곳에 오이, 가지, 고추 등을 심었다. 이것들은 염천 지하에 볕을 빨아들이며 무럭무럭 자라고 있다.

농장은 작년 가을부터 새로 다듬고 조성하여 여러 작목을 심기 시작했는데 이들 작목은 농약을 치지 않고 가꿀

수 있을 뿐만 아니라 몸에도 좋은, 즉 음식이면서 약이기도 하는 것들이다.

돌보는 시간은 하절기엔 더위를 피해 아침 7시 이전에 나가 보지만 평소에는 7시 이후에도 나가보고, 평소에는 수시로 나가보게 된다. 풀을 뽑아주고 가지치기를 하고, 잎을 솎아주기도 한다. 그러다 보면 온몸이 땀으로 범벅이 된다.

이렇게 농사를 지으니 좋은 점이 한둘이 아니다. 작물이 성장하는 과정을 보고 있으면 아이들이 태어나 자라듯이 보기에 너무 좋다. '농작물은 주인의 발소리를 듣고 자란다'라는 말도 있지 않은가.

수확하는 기쁨은 더 크다. 나는 수입을 위해 농사를 시작한 것은 아니다. 수확해서 모두 이웃이나 지인들에게 나눠 준다. 오랫동안 비워 두었던 밭을 그냥 둘 수가 없어 두릅나무 등을 심었는데, 초보 농사꾼에게 그 수확의 기쁨은 이루 형언할 수가 없다. 농사를 지으니 나도 모르게 부지런해지게 된다. 결국 몸도 마음도 모두 건강하게 되는 것 같다.

농사는 힘들지만, 뿌린 대로 거둔다는 흙의 진실과 정

직을 오롯이 배우고 있다. 땅은 내게 많은 것을 가르쳐 준다.

글을 쓰는 지금은 7월 말이다. 밀양은 폭염으로 유명해서 해마다 이맘때면 뉴스에서 빠지지 않고 등장한다. 말 그대로 볕이 많아 밀양이다. 그만큼 농사가 잘되는 지역이란 뜻이다. 도농복합 도시인 데다 물이 풍부하고 볕이 좋아 농사짓기엔 그만이다. 천혜의 자연환경을 갖춘 곳이 밀양이다. 따라서 나는 누가 시켜서 하는 것도 아니고 스스로 하고 있다. 수입을 위해서도 아니다. 크지는 않지만, 이웃에게 베풀기 위해 노동의 신성함을 맛보기 위해 농사를 짓고 있다.

농지에 나가기 전에 유튜브로 수십 번을 돌려 본 뒤 시작하지만, 시행착오는 어쩔 수가 없다. 배우는 초보 농사꾼, 농사는 서툴지만 땀의 의미를 새삼 깊게 느끼는 것이다.

오늘은 아침 일찍 농사일을 하러 나갔다가 돌아오는 길에 동네 어귀에 앉아 본다. 400년 된 고목나무가 그늘을 만들어준다. 나는 생각해 본다. 지금껏 살아오면서 나는 누구에게 땀을 식혀주는 그늘이 되어주었던가 하고….

선선한 한 줄기 바람이 초보 농사꾼의 마음을 달래 주듯
스쳐 간다. 평생 농사일은 처음이지만, 갈수록 재미가 쏠
쏠하다. 오늘도 나는 그들을 돌보러 밭으로 간다.

나는 밀성(밀양)박씨 시조왕 박혁거세의 63대, 밀성대군 (밀양박씨)의 33대, 행사공파 21대 국담공파 11대이다. 밀양의 4대 성씨는 오방동(창녕) 조씨, 벽진 이씨(내진), 여주 이씨, 후포 박씨(밀양)이다. 여기에서는 후포 박씨 11대 선조이신 숭정처사 국담 박수춘 선생의 이야기를 간단히 적고자 한다.

숭정처사란 조선의 선비들이 그토록 사대(事大)하든 명나라가 오랑캐로 불리던 청나라에게 망하자 더 이상 벼슬길에 나아가지 아니하고 은둔해 버린 선비를 일컫는 말로 전국적으로는 몇 분이 있다. 이중 국담 박수춘 선생을 빼놓을 수 없다.

국담 선생의 삶은 충(忠), 효(孝), 인(仁), 예(禮)를 친행한 생애라 하겠다.

정유재란에 격문을 돌리고 의병을 일으켜 망우당 곽재우와 함께 창녕 화왕산성을 고수하였고, 광해가 인목대비를 서궁에 유폐시켰을 때 간신배의 기세가 하늘에 닿았으며 명유(名儒)들이 쫓겨나고 온 조야가 진동해도 이에 대해 말하는 이가 없으니 선생은 홀로 소를 지어 대궐에 나가 극언(極言)하고 간신배들의 죄상을 역설하였다.

1652년(효종 3년) 11월 5일에 81세를 일기로 고종(考終)하니 사림들의 애통함이 친상을 당하듯 하였으며 야로산승까지도 눈물의 바다를 이루었다 한다. 1672년(현종 13년)에 통정대부 호조참의에 증직되고 밀양 후포에 불천위로 전향하며 청도 남산의 남강서원과 대구 동구 망우당 공원 내 임진왜란 충의탑 감실에 봉안 전향한다.

선생의 생애

선생은 융경(명목종의 연호) 임신(1572) 11월 11일에 경남 밀양시 삽포리에서 출생하였다. 선생은 나면서부터 특이한 기질이 있어 종명하고 몸가짐에 무게가 있어 일찍이 소학을 읽을 때. '어린이의 배움은 이에서 더할 수 없다' 하고는, 어버이 섬기는데 성(誠)을 다하고 어른을 받드는 예(禮)를 다하였으며 밤에 자기 전에 부모의 침소에 가서 잠자리를 살피고 아침 일찍 부모의 잠자리에 가서 밤새의 안부를 살피는데 일체 효범을 따르므로 아버지께서 기이하게 여기며 사랑하였다.

어버이의 명(命)으로 일찍부터 과거를 보기 위한 공부를 하였고 여러 차례 향시에 합격하였으나, 약관의 나이에 임진란을 만나 노유(老儒)들과 함께 청부(경북 청송의 옛 이름)로 가서 난을 피할 때. 산골짜기에 초막을 지어놓고 빌어다가 봉양하였으며, 아무리 큰 추위와 눈 속에서도 맨발로 짐을 져서 그 시기를 놓치지 않았다.

1593년 봄에 부모가 다 역질에 걸려 마침내 사망하고 형제자매 다섯 사람이 뒤를 이어 사망하였는가 하면, 선생도 최씨자(출가한 누님)와 더불어 동시에 앓아 거의 위태로울 뻔하였다가 소생하였다. 여위고 떨리는 몸으로 몸소 일곱 상(喪)을 업어다가 우선 깊은 산속에 매장하고, 아무리 일정한 거처가 없이 이곳저곳으로 떠돌아다니는 곤궁한 중에서도 집상(執喪)을 게을리하지 않았으며, 나물밥과 나물국을 조석으로 올렸고, 항상 적은 쌀을 마련하여 삭망전에 대비하였다.

1597년 봄에 비로소 고향으로 돌아왔다. 오직 반장 하는 일을 염두에 두었으나 다른 형제가 없고 또 부인도 없었으므로 혹 부인을 맞이할 것을 권하는 이가 있자 문득 언짢아진 표정으로, '아직 장사도 마치지 못하였는데, 어찌 예사 사람들과 같이할 수 있겠는가'하고는, 운구를 계획하고 장비를 마련하였다.

이해 가을에 왜구가 다시 침입해 오므로 선생이 생각하기를, '전날에 내가 왜적과 함께 죽지 못한 것은 어버이를 받들기 위한 분찬(바삐 도망쳐 숨음)으로 감히 마음대로 할 수 없었으나, 지금에는 나라를 위하여 한 번 죽을 수 있다'하고는, 옷소매를 걷어붙이고 일어나 격문을 돌리고 의병을 일으켜, 망우 곽공 재우와 함께 창녕 화왕산성을 고수하자, 원근의 의사가 구름과 안개처럼 모여들어 군용이 정연하고 중심이 성벽을 이루었다.

왜추 청정이 군사를 이끌고 성 밑에 쇄도하였다가, 대오가 정연하고 검극이 삼엄한 것을 보고는, 감히 맞서지 못하고 강우로 퇴각하므로, 일발의 외로운 성이 시종 보존하게 되었으니, 이 어찌 대단하지 않은가.

선생은 후진을 양성하는데 게을리하지 아니하여 그 재질에 따라 지도하였고, 어린 초학(初學)을 가르치는 데는 아무리 어리석고 아둔한 자라도 자세히 깨우쳐주는가 하면, 맨 먼저 소학을 읽게 하여 쇄소(刷掃)하고 응대하고 진퇴하는 절차와 어버이 섬기고 어른 공경하고 스승 높이고 벗 사귀는 방법을 안 뒤에 다른 글을 읽게 하여 수립할

2025 국담재 총회를 마치고 기념촬영

길을 열어 놓았으므로 후생소자들이 저마다 스승으로 추
종하여 직접 지결, 요지를 받았고, 현호 장자들도 모두 소
문을 듣고 찾아와서 허리를 굽혀 의리(義理)를 연마하므
로 문밖이 항상 분주하였다.

석양

강원석

나이가 들어도
가슴 뭉클한 삶을 살아라
하늘을 붉게 물들이는 건
작열하는 태양이 아니라
여물어가는 석양이다

2018년 생애 첫 콘서트를 할 때 강원석 시인이 나를 위해 쓴 시를 보내왔다. 나이 들어 시작한 새로운 도전에 지치고 힘든 날로 기억된다. 핏빛 석양을 안고 들어온 그 시에 가슴이 철렁 내려앉았다. 그리고 다음 순간 '나이가 들어도 가슴 뭉클한 삶'이 꿈틀거리며, 가슴 한가운데서 웅대하게 용솟음쳤다.

　정치라는 매서운 칼날에 찢겨진 내 가슴이 뭉글해질 일이 있을까 싶은 시간이 있었다. 마타도어 무책임한 입술들이 토해내는 구역질 나는 거짓에, 죽음을 향해 꺼져가던 나였다. 그런 내가 가슴 뭉클한 삶을 살아가고 있는 현실이 신비하고 경이롭다. 마치 칠흑 같은 어둠을 뚫고 해가 뜨고, 처절하게 붉은 석양 속으로 사라지는 것처럼…….

　내게 노래는
　다시 사는 삶이다.
　죽었던 내 영혼이 살아나 노래한다.
　신명을 다해
　가슴 뭉클한 삶을 노래한다.
　노래는 가슴 속에서 타오르는
　불씨로 빛을 밝힌다.
　작열하던 태양이 수평선 아래로 꺼져갈 때도
　힘차게, 힘차게 노래한다.
　석양은 내 노래고, 영혼이다.

　인생의 깊이가 담긴 시로 나를 지지해 준 강원석 시인에게 큰 감사를 전한다. 돌이켜보면 고통과 아픔은 내 성장의 동력이었다고 생각된다. 너무 큰 사건과 상처로 인해, 요즘은 웬만한 일에는 웃고 넘기는 여유도 넘실하다. 강원석 시인은 베스트셀러 5회를 기록하면서 연 200회 국내외 강연 등 전국적으로 명성을 얻고 있다.

　저는 웃음치료사 1급 자격증을 취득하며, 노래와 웃음으로 봉사해야겠다는 결심을 했다. 고통 받는 많은 이들에게 말해주고 싶다.

　"어떤 실패와 좌절 속에서도 희망의 끈을 놓지 마세요. 그 또한 모두 지나가리니……."

　그 고비를 넘긴 어느 날 문득, 당신에게도 말없는 지지자의 붉은 선물이 도착해 가슴 뭉클한 열정으로 피어날 것이라고.

　강원석 시인은 2023년 제2회 노래 경연대회 때 '마음아'라는 시를 또 선물해 주셨다.

마음아

강원석

마음아 늙지 마라
몸은 세월 따라가더라도
너는 그러지 마라

나이 든 나무도 마음이 푸르러
잎이 돋고 꽃이 피는 것을

우리도 나무처럼 살아 보게
마음아 너는 늙지 마라
젊고 예쁘게 그렇게 있거라

6부

언론이 바라본 박태희

제5집 발표회
박태희 콘서트
일시: 2024.11.5(화) 18시30분
장소: 밀양아리랑아트센터 대공연장
초청가수 최영철
초청가수 배진아
초청가수 제임스 킹
mc.섹소폰 달인 나팔박
초청가수 머루법사
기타리스트 어니김도연
통연주자 일념 진효근
아나이스무용단
코러스 상
제1회 박태희노래경연대회
제2회 경연대회
공연문의 (055) 355-8380
주최: 박태희 후원회, 박태희 팬클럽   후원:밀양시 , 밀양시의회

늦은 나이란 없어요,
마지막까지 가슴 뭉클한 삶을…
– 인생이모작포럼 "한 번 더 현역" 인생 이모작 우수 사례들

\# 사업가에서 정치인으로 교수로 변신, 이젠 전무후무 '모델가수'로 새 인생

■ 박태희 모델 가수

"가슴 뭉클한 삶을 사세요. 자신감과 열정을 꼭 가지세요."

마지막으로 발표한 사람은 경남도의원에서 '모델가수'로 변신한 박태희 씨였다. 모델가수는 모델과 가수 활동을 동시에 하는 사람으로 생각하면 된다. 그는 간주가 나올 때 모델 포즈를 취하는 우리나라에서 사실상 유일한 모델가수다.

그의 인생은 순항했다고 한다. 순항하던 인생은 밀양 시장 선거 낙선으로 어려움을 겪었다. 박 씨는 "1990 년대 초에 건설사를 운영했다. 이후 경남도 교육위원을 맡았고 도의원까지 했다"며 "뒤에는 밀양시장 공천까지 힘들게 받았는데 여러 악재 때문에 낙선했다. 충격을 많이 받았다"고 당시를 떠올렸다.

그는 어려움을 극복하기 위해 공부를 시작했고, 어릴 적 꿈이었던 가수가 되겠다는 결심까지 했다. 박 씨는 "어려움을 극복하기 위해 공부를 시작해 대학원에서 정치학 박사를 받았다. 모 대학에 중점교수로 근무도 했다"며 "힘든 순간을 잘 이겨냈다고 생각했지만, 문득 이전에 꿈이 가수였다는 생각이 들었다. 모든 걸 접고 데뷔곡을 발표했다. 디너쇼 2번과 콘서트 2번을 열었다. 박태희 노래 경연대회도 만들어 2회째를 맞았다"고 그간 변화를 들려줬다.

그는 곡 홍보와 새로운 배움 등 끊임없는 도전을 이어 갔다. 박 씨는 "곡 홍보를 위해 전국 노래교실을 계속해서 다녔다. 코로나19 시기에는 유튜브로 홍보했다"며 "최근 판소리를 배우기 위해 예인을 찾아가 수업을

받았다. 박태희 TV라는 유튜브 채널도 개설했다"고 말
했다.

그는 "자신이 하고 싶은 일을 하라"는 메시지를 전하
며 발표를 마쳤다. 박 씨는 "노래한다고 하니 처음에는
대부분 '하다 말겠지'라고 말했습니다. 더구나 당시 트
로트라는 장르를 곱지 않게 보는 시선도 있었습니다.
하지만 열정을 다해 도전하다 보니 모든 사람이 '부럽
다'는 말을 합니다. 자신이 하고 싶은 일을 해야 행복
합니다."

– 국제신문 2023년 11월 23일자

밀양출신 가수 박태희씨
가요발전공로대상 수상
– '2019 한국을 빛낸 자랑스런 한국인 대상' 가요부문 받아

밀양 출신으로 도의원을 지낸 정치학 박사인 가수 박태희씨가 지난 20일 '2019 한국을 빛낸 자랑스런 한국인 대상' 시상식에서 가요부문 2019 가요발전공로대상을 수상했다.

이날 평소 충과 효, 봉사, 선행 등에서 남다른 사명감과
대한민국 문화예술 우수성을 국내외에 널리 알린 점이
인정되어 이번 상을 받게 됐다. 그의 남다른 이력과 열
정, 끊임없는 봉사와 도전 정신의 결과이다.

지난 2015년 1집 앨범 '꿈의 노래 별'이란 노래로 늦깎
이 가수로 데뷔한 그는 4년여 만에 어느덧 널리 알려
진 가수가 됐다. 벌써 3집 앨범을 발표했으며, 지난해
에는 고향 밀양에서 단독 콘서트도 개최했다. 그리고
KBS 아침마당 등 다수의 TV방송과 KBS 라디오, 서울
원음방송 등 다수의 라디오 방송에도 출연하여 화제의
인물로 소개됐고, 경남특산물 박람회, 창원 남산 상봉
제, 마산 국화축제, 남해 멸치축제 등 많은 도내 행사에
출연했다.

그리고 2집 앨범 '밀양머슴아', '바래길'이 노래방 금영,
태진 반주기에 등록되어 많은 사람들의 애창곡이 됐다.
또한, 웃음박사 조상영 노래교실 등 전국 100여 곳의
노래교실에서도 인기 노래로 초청 문의가 끊이질 않고
있다.

최근에는 유튜브 방송으로 더욱 왕성한 활동을 하고 있다. 이로 인해 2017년 (사)한국방송가수연합회에서 주관하는 제2회 한국방송가수대상에서 신인가수상과 '대한민국 사회봉사 부문 인물대상'을 수상했고, 작년에는 동아연합신문사(일본) 가수대상, (사)한국방송가수연합회 가수 대상식에서 '우수 가수상'을 수상했다.

박 가수의 성공 비결은 남다르다. 첫째, 피나는 노력이다. 아무리 바쁘고 지치더라도 노래연습은 하루라도 빠지는 날이 없을 정도로 연습 벌레이며, 아무리 먼 곳이라도 그를 원하는 곳이 있으면 어디든지 찾아간다.

둘째, 끊임없이 소통한다. 전국 각지에서 다양한 사람들로 구성된 수백여 명의 팬클럽 회원들과 정기적으로 직접 소통하며 노래 뿐만 아니라 인간적인 관계를 더욱 중시하며, 일반 대중들에게도 스스럼없이 먼저 다가가며, 늘 겸손함을 유지하고 웃음으로 대한다. 특히, SNS, 밴드, 카카오톡 통하여 활발히 직접 의사소통을 하고 있다.

셋째, 끊임없는 봉사 활동이다. 박 가수는 노래 뿐만 아니라, 경남도의원, 도 교육위원, 국립 창원대 중점교수, 한국스카우트경남연맹장, 건설회사 CEO, 정치학 박사 등의 화려하고 특이한 이력이 이를 잘 대변해준다. 그의 다양한 봉사활동은 깊은 감명과 가수로서의 무게감을 한층 더해준다. 마지막으로, 끊임없는 도전정신이다. 2017년 5월에는 최초로 창원 윈드오케스트라 클래식 공연과 트로트 공연을 협연하여 환상적인 조합으로 관객들로부터 많은 호응을 받았으며, 전국의 노래 교실들을 순회하며 노래를 알려 수강생들 사회에서는 높은 인기를 누리고 있다.

박태희씨는 "무엇보다도 노래로서 행복을 주는 봉사가 가장 의미가 있다고 한다. 칠순을 넘긴 한 여성분이 자신의 '바래길'을 듣고, 삶의 활력소를 되찾았다는 이야기는 가장 보람된 일이었다"며 "앞으로, 노래교실 재능기부 활동, 노인들을 위한 봉사활동을 계속해 나가면서 노래하는 즐거움, 희망을 전파하고, 자신처럼 늦게나마 꿈을 키우고 있는 분들께 귀감이 될 수 있도록 앞으로도 더욱 열심히 하겠다"고 말했다.

노래로 행복을 줄 수 있는 곳이라면 전국 어디든 밤낮

관계없이 달려가는 그의 열정과 노래를 통해 행복을
전해주고 싶다고 한다. 박태희 가수의 앞으로의 활동
과 활약이 더욱 주목된다.

– 경남도민신문 2019년 10월 27일자

경남도의원 출신 박태희 가수,
한국예총 회장상 수상

경남도의원을 지낸 박태희 가수(정치학 박사)가 연예
예술발전 공로를 인정받아 한국예총 회장상을 수상해
눈길을 모으고 있다.

한국연예예술총연합회는 지난달 31일 제28회 대한민국연예예술상 시상식에서 박태희 가수에게 한국예총 회장상을 수여했다고 5일 밝혔다.

평소 대한민국 예술문화 발전에 앞장서 왔으며 타의 모범이 되는 활동이 널리 인정돼 이번 상을 받게 됐다.

사실 그의 수상은 남다른 이력과 열정, 끊없는 봉사와 도전 정신의 결과로 받아들여진다.

2015년 1집 앨범 '꿈의 노래', '별' 이란 노래로 늦깎이 가수로 데뷔한 뒤 7년 여 만에 중견 스타 가수로 자리매김했다는 평이다.

앨범도 벌써 3집을 발표했다. 2018년에는 고향 밀양에서 단독 콘서트도 개최했다.

KBS 아침마당과 생생투데이, MBC경남 경남아 사랑해와 가요베스트, KNN 인물포커스 등 다수의 TV방송 출연으로 대중성을 다졌다. 또 서울, 부산, 대구 원음방송 및 부산, 창원 교통방송, MBC경남 등 다수의 라디오 방송에도 출연하기도 했다. 뿐만 아니라 경남특산물 박람회, 창원 남산 상봉제, 마산 국화축제, 남해 멸치축제 등 경남도 내 여러 행사에 단골로 출연했다.

그 결과 '밀양머슴아', '바래길', '인연이란'이 노래방 금영, 태진 반주기에 등록돼 사람들의 애창곡으로 인기다. 또한 전국 150여 곳의 노래교실에서도 초청 문의가 끊이질 않고 있다는 것이다.

최근에는 유튜브 방송에도 활동이 왕성하다. 이에따라 2011년 (사)한국방송가수연합회에서 주관하는 제2회 한국방송가수대상에서 신인가수상과 '대한민국 사회 봉사 부문 인물대상'을, 2019년 한국을 빛낸 자랑스런 한국인 대상(가요부분)과 한국을 빛낸 사람들 대상 대중가요부분 최고 인기가수상을 수상했다. 2021년 대한민국 다문화 예술대상(가요부분)을 수상했고 이외에도 동아연합신문사(일본) 가수대상, (사)한국방송가수연합회 가수 대상식에서 우수 가수상을 받았다.

박 가수의 성공 비결은 △ 피나는 노력, △ 끊임없는 소통, △ 중단 없는 봉사 활동, △ 지칠줄 모르는 도전

정신으로 요약할 수 있다.

박태희 가수는 "제1회 가수 박태희 노래 경연대회 준비로 바쁜 시간을 보내고 있다"면서 "많은 성원에 보답하기 위해 앞으로도 봉사정신과 노력을 아끼지 않겠다"고 다짐했다.

– 부산일보 2022년 4월 5일자

경남도의원 출신 가수 박태희 씨
"가수 꿈과 봉사라는 삶의 철학, 둘 다 이뤄
참 행복합니다"

"가수 활동을 통해 봉사는 물론 듣는 이에게 즐거움을
제공하니 최고의 행복을 느껴며 살아요."

박태희(63) 전 경남도의원이 최근 한국을 빛낸 사람들

대중가요 부문 대상을 수상해 화제다. 대한민국신문기자협회는 지난달 21일 왕성한 가수활동으로 봉사하는 삶을 이어가는 공로를 인정해 그에게 이 상을 수여했다.

– 한국을 빛낸 사람들 대중가요 대상
– 2·3집 앨범 판매금 이웃돕기 쾌척
– 5년간 소외계층에 무료 노래공연

그는 지난해 연말에도 한국방송가수연합회 신인가수상과 우수가수상, 일본 동아연합신문사 가수대상을 각각 수상했다.

그의 삶은 봉사가 콘셉트다. 그는 "봉사는 어려움을 나누는 것인데, 결국 다시 재기할 수 있는 기회를 제공하면 그것이 곧 나의 기쁨으로 다가오게 되고, 그래서 계속하게 되는 것 같다"고 말했다.

실제로 박 전 의원은 2집 앨범 판매대금 200여만 원을 2016년 가을 창원시 의창구청에 불우이웃돕기 성금으로 내놨고, 3집 앨범 판매대금 500여만 원도 2017년 가을 밀양시청에 쾌척했다.

뿐만 아니라 가수로 데뷔한 뒤 지난 5년 동안 독거노인이나 요양병원, 소외계층 등을 대상으로 무료 노래 공연도 400회가량 열었다.

그는 가수로 데뷔하기 전인 태풍 매미가 불어닥친 2003년 9월에도 밀양지역 학생들을 위해 상당한 금액의 장학금을 내놓기도 했다. 2016년 10월에는 모친상 때 들어온 조의금 중 대부분을 밀양시에 불우이웃성금으로 기부했다.

가수가 된 동기를 묻자 그는 "2006년 밀양시장 선거에 나가 낙선한 일로 시름을 달래는 것도 하나의 계기였지만, 사실은 어릴 적부터 꿈이 가수였기 때문에 그것이 직접적인 동기라고 봐야 할 것"이라고 설명했다.

이제 그의 삶은 가수를 떠나서는 생각하기 어려워 보인다. 박 전 의원의 대표곡은 '바래길'과 '밀양머슴아'다. 바래길은 최근 녹음이 마무리돼 이달부터 전국 고속도로 휴게소에서 메들리곡에 포함돼 판매된다. 바래길은 남해 바닷길을 소재로 한 곡이라 장충남 남해군수로부터 벌써 초청 메시지를 받는가 하면 많은 남해

사람들이 관심을 보이고 있다고 한다. 밀양머슴아는
밀양 향우들이 즐겨 부르는 등 일반에 서서히 알려지
고 있다고 그는 소개했다.

가수로 활동하자 방송 드라마에도 출연할 기회가 생겼
고 노래도 삽입곡으로 들어가는 등 그의 활동 폭도 넓
어지고 있다. 모 방송에서 준비 중인 농촌드라마 '천년
동 사람들'에는 조만간 바래길 삽입곡과 함께 이 노래
를 가르치는 선생으로도 출연하게 됐다는 것이다.

그의 도전에는 끝이 없어 보인다. 과거 한국스카우트
연맹에도 10년 가까이 봉사활동을 했고 경남도교육위
원도 지냈다. 몇년 전에는 정치분야 전문성을 갖추기
위해 주경야독으로 정치학 박사도 취득했다.

박 전 의원은 "가수는 내 꿈이 실현된 것이고, 봉사는
내 삶의 철학이므로, 이 둘을 함께 이뤘기 때문에 누구
보다도 기쁘다"며 아이처럼 활짝 웃어보였다.

– 부산일보 2019년 3월 5일자

전직은 정치인·지금은 트로트 가수…
별난 '박태희 노래대회'
– 올해 제2회 노래 경연대회 6월 18일 밀양아리랑센터

가수 박태희

건설회사 최고경영자(CEO), 경남도의원, 한국스카우트 경남연맹장, 창원대학교 산학협력 중점교수, 정치학 박사 등등.

지금 트로트 가수로 활동하는 박태희(67) 씨의 화려한 과거 이력이다.

그는 2015년 1집 앨범 '꿈의 노래', '별' 등 2곡의 신곡을 내며 가수 데뷔를 했다.

7년여가 지난 지금까지 앨범 여러 장을 냈을 정도로, 칠순을 바라보는 나이에도 가수로 왕성히 활동한다.

지난 15일엔 고향인 밀양시와 이웃한 창녕군에서 열린 '창녕 낙동강 유채축제' 무대에도 섰다.

가수 박태희 후원회는 오는 6월 18일 오후 1시 밀양시 밀양아리랑센터에서 '제2회 박태희 노래 경연대회'를 한다고 21일 밝혔다.

지난해 1회 대회에는 예심을 거쳐 전국에서 30여명이 본선 무대에 올랐다.

올해 예선 경연은 지난 2월 1일부터 시작됐다.

본선에 오르려면 박 가수 대표곡 '바래길' '인연이란' '시골장날' 3곡 중 한 곡을 골라 부르는 서울·부산·경남 등 전국 5개 지역별 예심을 통과해야 한다.

현장 참석 예심 대신 노래 동영상을 제출해도 된다.

대상 수상자는 200만 원, 최우수상 수상자는 100만 원, 우수상 수상자는 50만 원, 장려상(2명) 수상자는 30만 원, 인기상(2명) 수상자는 30만 원을 받는다.

입상자는 모두 가수 인증서를, 입상자를 제외한 대회 본선 진출자들은 경비 15만원씩을 받는다.

박태희 가수는 "지난 1년 동안 전국 곳곳을 다니면서 열심히 노래를 불렀다"면서 "트로트를 사랑하는 실력 자들이 많이 참가하기를 기대한다"고 말했다.

박태희 노래 경연대회는 한국연예예술인총연합회 부산광역시 지회, 한국대중음악인연합회가 후원한다.

– 연합뉴스 2023년 4월 21일자

'전직은 정치인, 현직은 트로트 가수'…
후원회가 여는 별난 노래대회

– 건설사 CEO·경남도의원 등 지낸 박태희 씨 가수 활동
– 후원회가 고향 밀양서 제2회 '박태희 노래대회' 개최

화려한 이력을 지닌 가수 박태희 씨는 2015년 '꿈의 노래' '별' 등을 수록한 1집 앨범을 내며 가수로 데뷔해 왕성한 활동을 하며 최근 4집 앨범을 냈다.

가수 박태희 후원회는 오는 6월 18일 오후 1시 경남 밀양시 밀양아리랑센터에서 '제2회 박태희 노래 경연 대회'를 한다고 30일 밝혔다. 대회가 열리는 밀양은 박태희 씨의 고향이기도 하다.

본 경연에 앞서 이날 오후 부산 경남 서울 경기 등 전국 5개 지역에서 동시에 예심이 진행됐다. 예선 참가자들은 박태희 가수의 대표곡인 '바래길' '인연이란' '시골장날' 3곡 중 한 곡을 골라 불렀다.

지난해 1회 대회에는 예심을 거쳐 전국에서 30여 명이 본선 무대에 올랐다. 이번 2회 대회에도 예심을 통과한 30여 명이 밀양에서 열릴 본선 무대에 오른다.

본선 대회 무대에는 지난해 대상 수상자인 손세운 가수를 비롯해 인기 가수들이 우정 출연해 대회를 빛낼 예정이다.

이번 대회 대상 수상자에게는 200만 원, 최우수상은 100만 원, 우수상 50만 원, 장려상(2명) 30만 원, 인기상(2명) 수상자에게는 30만 원의 상금을 준다.

입상자에게는 모두 가수 인증서를, 입상자를 제외한 대회 본선 진출자에게는 경비 15만 원씩을 준다.

박태희 가수는 "지난 1년 동안 전국을 다니면서 열심히 노래하고 후원회에서도 적극적으로 홍보했다"면서 "이번 대회 무대에서도 트로트를 사랑하는 실력자들이 기량을 발휘할 것을 기대한다"고 말했다.

박태희 노래 경연대회는 한국연예예술인총연합회 부산시 지회, 한국대중음악인연합회가 후원한다.

– 국제신문 2023년 4월 30일자

모델가수 박태희, 두번째 노래경연 대성황
"울컥한 감동"

– 18일 오후 1시~6시 경남 밀양 아리랑아트센터

– 예심 통과한 총 27명 본선 경쟁…대상은 김형호

영예의 대상은 서울에서 참가한 김형호 씨. 제2회 노래 경연대회에는 지난 4월부터 서울과 경기 등 전국 각지에서 도전한 예비 후보들을 상대로 예심을 통과한 총 27명이 최종 본선에 올라 경연을 가졌다.

가수 박태희 가요제가 18일 오후 경남 밀양 아리랑아 트센터에서 대성황리에 펼쳐졌다.

박태희의 대표곡 '바래길', '인연이란', '시골장날' 가운데 1곡을 선택해 경연 방식으로 진행되는 '박태희 노래 경연대회'는 올해로 두번째를 맞았다.

제2회 노래 경연대회에는 지난 4월부터 서울과 경기 등 전국 각지에서 도전한 예비 후보들을 상대로 예심을 통과한 총 27명이 최종 본선에 올라 경연을 가졌다.

경연이 펼쳐진 밀양아리랑아트센터는 500여명이 가득 메운 가운데 대성황을 이뤘다. 사회는 지난해 1회 노래대회에 이어 나팔박TV의 유명 유튜버 겸 MC 나팔박이 진행했다.

작곡가 김인효, 김상명, 원로가수 김상겸, 강일홍(더팩트 대중문화기자), 배우 유퉁, 김태선(인터넷방송 세이케스트 국장) 등 8명의 심사위원의 공정한 심사를 거쳐 선정된 입상자들에게 가수 인증서와 소정의 상금이 수여됐다.

1등 대상은 '바래길'을 부른 9번 참가자 김형호 씨가 차지해 상금 200만 원을 받았다. 최우수상은 '인연이란'을 부른 권진열 씨, 우수상은 '시골장날'을 부른 백

정식 씨에게 돌아갔다.

또 서형수 박수빈 씨가 장려상을, 복순이품바와 정삼옥 씨가 각각 인기상을 받았다. 주최 측은 입상하지 못한 본선 진출자 전원에게 소정의 참가비를 지원했다.

박태희는 고향인 경남 밀양을 기반으로 활동하다 전국적으로 이름난 가수다. 환갑을 바라보는 나이로 가요계에 입문한 그는 정치학 박사 학위와 도의원을 독특한 이력을 갖고 있다. / 더팩트 DB

본선 경연 장면은 유퉁TV, 손앙드레TV, 트로트커피숍TV, 나팔박TV, 안방TV에서 실시간 방송됐으며, 배우 겸 가수 유퉁의 축하무대와 지난해 대상 수상자인 손세운(대운) 가수가 특별 출연했다.

이날 가요제의 주인공 박태희는 고향인 경남 밀양을 기반으로 활동하다 전국적으로 이름을 알린 가수다. 환갑을 바라보는 나이로 가요계에 입문한 그는 정치학 박사 학위와 도의원을 지낸 독특한 이력을 갖고 있다.

"사업에 몰두하며 정신없이 살다 어느날 문득 제 자신을 되돌아보는 순간이 있었어요. 제가 정말 하고 싶은 일을 해보는 거였죠. 소시적부터 음악은 늘 꿈이었어요. 굳이 가수라는 거창한 타이틀이 아니라도 노래는 제 인생 후반전을 아름답게 빛내주는 삶의 목표가 됐어요."

사회는 지난해 1회 노래대회에 이어 나팔박TV의 유명 유튜버 겸 MC 나팔박(사진 왼쪽)이 진행했다. 원로가수 겸 작곡가 김상겸(오른쪽)이 특별 출연해 나팔박과 콜라보 무대를 펼쳤다.

박태희는 "작년에 주변 지인들의 제안으로 가벼운 마음으로 경연무대를 만들었는데 너무 반응이 좋았다"면서 "전국에서 수많은 참가자들이 달려와 제 노래를 불러주는 멋진 무대를 보며 어떤 사명감을 부여받은 듯 울컥한 감동이 됐다"고 말했다.

'밀양시 홍보대사'로 한국스카우트경남연맹장이자 건설회사 회장(부민종합건설)이란 직함을 갖고 있다. 나이에 비하면 가수로서는 경력이 일천하지만 가요계에서 는 뚝심의 사나이로 통한다.

"전국적으로 알려지지 않는 가수가 본인 이름과 노래를 가지고 경연대회를 한다는 것 자체만으로 새로운 도전이라고 생각해요. 저의 힘든 도전이 모든 이들에게 꿈과 희망을 줄 수 있다고 생각합니다. 누군가에게는 '이정표' 될 것입니다. 저를 사랑하고 후원해주시는 박태희 팬클럽 회원분들과 매번 큰 도움을 준 김정기 회장(창원심산서울병원이사장)에게 다시한번 깊은 감사의 말씀을 드리고 싶습니다."

그는 2015년 '꿈의 노래'와 '별' 등 두 곡을 담은 정식 음반을 내고 가요계 문을 두드렸다. 이후 네 차례의 음반을 발표하며 라디오와 TV 등을 통해 전국적으로 꾸준한 음반활동을 이어오고 있다.

한편 이번 가요제는 가수박태희후원회(회장 김정기), 심산서울병원(창원), 한국연예예술인총연합회 부산광역시지회, 한국대중음악인연합회 등이 후원했다.

– 더 팩트 2023년 6월 19일자

회장·도의원·교수였던 남자,
이젠 독보적 '모델가수'로

– 고영삼의 인생 이모작…한 번 더 현역 <30>

'전국구 모델가수' 박태희

– 1990년대 건설업 재력 쌓아

– 기초단체장 200여 표 차 낙선

– 한동안 불면증·울화증 시달려

– 사회공헌 통해 자존감 회복

– 50대 후반 늦깎이 가수 데뷔

– 전주·간주 때 모델포즈 차별화

– 자기 이름 건 노래 경연대회도

– "죽고 싶은 고통 속 다시 일어나

– 지친 사람들에 자신감 주고파"

◇ 박태희의 이모작 귀띔

– 자신감과 열정을 가져라

– 꾸준히 노력하라

모델가수. 직업명이 생소했다. 하지만 생각해 보니 딱히 이상할 것도 없었다. 모든 것이 융복합되는 시대 아닌가. 모델과 가수 두 활동을 동시에 한다고 이상할 것 없다. 그런데 전직이 경남도의원이었고, 정치학 박사로서 대학에서 강의도 했다는 정보를 듣고 들을 만한 이야기가 많은 분이란 생각이 들었다. 마침 그가 큰 행사를 주관한다기에 밀양시 아리랑아트센터로 갔다.

– 오늘 어떤 행사인가요?

▶제2회 모델가수 박태희 노래 경연대회입니다. 올해 밀양 방문의 해를 맞아 저의 고향인 밀양에서 개최하게 되었습니다. ㈜한국연예예술인총연합회 부산광역시지회, ㈜한국대중음악인연합회가 후원하는 행사로 저의 이름을 내건 경연대회입니다. 전국 5개 권역에서 예심을 거쳐 뽑힌 27명이 오늘 본선에서 실력을 겨루었습니다.

- 이 행사는 어떤 의미가 있나요?

▶아마 전국 최초일 겁니다. 비록 무명 가수이지만 저의 노래를 가지고 개최한 경연대회입니다. 이 자리에 박일호 밀양시장, 함종한 전 한국스카우트연맹 총재, 고영진 전 경상남도 교육감 등 500여 명의 내외빈, 관객들이 자리를 함께 해주셨습니다. 코로나 이후 실의에 빠진 분들이 너무 많습니다. 이 행사가 도전정신과 희망의 나래로 자리매김 되고 있어 기쁩니다.

듣고 보니 정말 신기했다. 전국적으로 지자체가 주최하는 유명한 가요제가 더러 있다. 남인수가요제, 난영가요제, 고복수가요제 등이다. 그런데 자신의 이름을 내건 무명 가수의 가요제는 못 들어봤다. 더구나 이렇게 많은 대중들이 모여들다니. 어떤 사연이 있기에 발상 전환이 이토록 신통할까 싶었다.

- 지금과는 완전 다른 경력을 가진 것으로 압니다.

▶저는 일찍부터 건설업을 했습니다. 1990년대는 지

방에서 아파트를 지어 재력을 좀 비축할 수 있었습니다. 그래서 40대 초반이던 1998년에는 김해 양산 창녕 밀양 지역을 대표하는 경남도 교육위원이 되었죠. 2002년에는 경남도 도의원으로 맹활약했습니다. 그 시절 밀양교육청 이전 문제와 밀양을 옥수수 메카지역으로 만들고 싶은 열망으로 뛰어다녔죠.

- 그러면 건설업을 기반으로 한 지역 정치인이셨군요.

▶그렇습니다. 그런데 전도양양하던 제 인생에 시련이 왔었습니다. 2006년 지자체 단체장 선거 때 석패를 한 것이었습니다. 그 선거는 도저히 질 수 없었던 선거였습니다. 그 당시 주류 당에서 공천을 받았기 때문이었습니다. 그런데 200여 표 차이로 패했죠.

- 듣기만 해도 아찔하군요.

▶엄청난 후폭풍이 오더군요. 재산도 많이 날렸죠. 정신적으로 공황 상태에 빠졌고, 곧 병을 얻었습니다. 자

다가도 화가 나 벌떡 일어났고, 심각한 불면증 울화증에 시달렸습니다. 숨쉬기도 힘드니 온몸에 통증이 왔습니다. 극단적 선택은 이럴 때 하는구나 싶더군요. 온갖 생각이 다 들었습니다.

– 그래서 어떻게 하셨나요?

▶병든 짐승같이, 지옥같이 한동안 그렇게 지냈습니다. 무엇을 할 수 있었겠어요? 그러나 한동안 그렇게 있다가 생각을 정리했습니다. 갇힌 생각을 털어야 한다는 생각. 상황에 노예가 되어 병들어 있지 말자. 나를 바꾸자, 현실을 극복하자는 결단을 했죠.

고통 속에서 그는 어느 날 알버트 엘리스(A. Ellis)의 메시지를 통찰한 듯했다. 인지행동 치료법을 창안한 엘리스는 '상황만이 실의에 빠져 있게 하지 않는다. 그 스스로 한몫한다'는 진리를 임상을 통해 알아내어 치료심리학의 대가가 된 사람이다. 박태희는 패배의 상황은 타인이 아니라 그 스스로가 만들었다는 자각이 오더라고 했다. 겸손하지 못했고 그래서 스스로 준비가 부족했다는 성찰이었다.

– 대단하시군요. 그래서 이러한 전환을 일으켰나요?

▶부끄럽지만 엄청난 인생벌금을 물고서 알게 된 교훈입니다. 그래서 다시 시작했습니다. 패배 원인을 분석하여 자서전을 출판했고요. 저의 작은 자아를 확장해야 한다는 결론이었죠. 그 후 저의 눈에 보인 것이 아이들이었기에 2007년부터 한국스카우트 경남 연맹장을 맡았습니다. 대학원에 가서 공부도 하여 2014년에는 정치학 박사가 되었습니다. 국립창원대에서 산학중점교수로 활동했고 동서대에서 강의도 했습니다. 지금껏 20여 개 사회단체에 직함을 받아 사회공헌 활동을 해왔습니다. 다시 일어났죠.

– 다시 정치인으로 재기를 모색한 것인가요?

▶그렇지는 않습니다. 교육위원과 도의원을 할 때는 그 각오가 있었습니다. 그러나 큰 좌절 이후 저를 다시

보게 되고 추구해야 할 인생의 가치를 생각하게 되었어요. 꿈 많던 청소년 시절을 돌아보니 정치만이 꿈이 아니었어요. 가수가 되고 싶었던 제가 떠오르더군요. 그래서 노래를 시작했고, 2015년 드디어 가수로 데뷔했습니다. 50대 후반 늦깎이였지만 희망의 노래를 부르기로는 결코 늦지 않았습니다.

– 건설사 회장, 도의원, 공직선거 출마와 낙선, 박사학위, 교수, 시니어 모델, 대중가수…. 그 어느 것 하나도 하기 힘든데 대단하시군요.

▶그렇게 보일 수 있습니다. 그런데 저는 낙선하였고 그래서 저의 지지자들에게 실망을 안겨드려 너무 죄송했습니다. 좌절하지 않고 열심히 사는 모습을 보여드리고 싶었습니다. 이 열망이 제가 다시 도전하는 촉매제가 되었고 지금 어릴 때 꿈을 찾아 가수 활동을 하고 있습니다. 주변 사람들이 너무 멋진 삶을 살아가고 있다고 응원해 줄 때 참으로 행복합니다.

- 엄청난 전환이 일어났군요. 노래 훈련은 따로 하셨나요?

▶그럼요. 지금도 가수 진성 씨를 지도한 김화정 선생에게서 판소리 등 보컬 트레이닝을 받고 있습니다. 4집 앨범까지 발표했고 저의 독특한 이력 때문인지 KBS 아침마당, MBC 가요베스트, KNN 인물포커스, 그리고 라디오 방송에도 출연 요청이 있습니다.

- 그러나 하지 않던 일이라 힘든 일도 많지요? 어떻게 극복 하세요?

▶도의원과 교수까지 활동한 제가 무명 가수라 무시당할 때 힘들죠. 그럴수록 주민센터 농협 신협 복지관 등에서 하는 전국노래교실을 찾아 열정적으로 뛰어다닙니다. 매주 월요일 오후 2시 박태희TV 유튜브 방송도 진행하고 있습니다. 하지만 솔직히 한계도 많이 느꼈습니다. 멘탈을 강하게 하면서도 전략이 필요했죠. 그래서 생각한 게 모델가수입니다. 노래 전주나 간주가 나올 때 모델처럼 포즈를 취하는 차별화입니다. 또한 작년에 이어 제2회 노래 경연대회를 열었습

니다. 저는 '바래길' '인연이란' '시골장날' '밀양 머슴아' '꿈의 노래' '별' '남편' 등 저의 노래 7곡을 가지고 있습니다. 이 노래를 부르는 신명 나는 경연대회를 구상한 것이죠.

박태희는 신명을 일으키기 위해 웃음전문가 1급 자격증도 땄다고 한다. 이번 대상 수상자 김형호 씨에게는 한국대중음악인연합회의 가수 인증서 그리고 작곡가 김상명 선생의 노래 한 곡을 상금과 함께 수여했다. 신명의 스피커 한 명을 더 탄생시킨 것이다.

– 이를 통해 궁극적으로 무엇을 하고 싶은가요?

▶지쳐있는 사람들에게 자신감과 도전정신을 드리고 싶습니다. 저는 죽고 싶은 아픔과 고통 속에서도 다시 일어섰습니다. 준비하면 언젠가는 기회가 온다는 믿음을 증명해 드리고 싶습니다. 창원에 있는 심산서울병원 김정기 이사장께서 박태희 후원회장으로 물심양면 늘 응원해 주시고, 강원석 시인은 저를 위해 쓴 시(제목 석양)를 보내왔습니다. "나이가 들어도/ 가슴 뭉클

한 삶을 살아라// 하늘을 붉게 물들이는 건/ 작열하는 태양이 아니라/ 여물어가는 석양이다." 서로 위하는 이 신명 에너지를 다시 사람들과 공유하고 싶습니다.

박태희 인생이모작의 특징은 무엇일까? 무엇보다 끊임없이 도전하는 인간상을 내재화하고 있음이다. 그는 인생이모작의 전환기에 크게 넘어졌다. 하지만 넘어져 있지 않고 넘어서 왔다. 지금 돈도 빽도 없는 무명가수인 그에게 숱한 사람들이 환호를 보내준다. 희망의 아이콘을 찾고 싶어 하는 대중에게 그는 말한다. "누구나 한 번쯤은 넘어질 수 있어/ 이제 와 주저앉아 있을 수는 없어// 내가 가야 하는 이 길에 지쳐 쓰러지는 날까지 일어나 한 번 더 부딪혀 보는 거야." 어느 날 그는 한국인 모두에게 꿈과 도전의 표상이 되어 있을 것도 같다.

– 국제신문 2023년 7월 11일자

제1회 가수 박태희 경연대회 성료…
대상 손세운 씨
– 노래도, 봉사도, 학업도 '박사'

지난 19일 경남 김해 남명엔스퀘어에서 열린 제1회 가수 박태희 경연대회에서 박태희 가수가 대회 수상자들이 지켜보는 가운데 대표곡 '인연이란'을 부르고 있다.

경남 창원 심산서울병원과 가수 박태희 후원회 주최 '제1회 가수 박태희 경연대회'가 지난 19일 김해시 남명엔스퀘어에서 200여명이 참석한 가운데 성황리에 열렸다.

경연대회는 밀양 출신 트로트가수 박태희의 대표곡 '바래길'과 '인연이란' 중 택일해 부르는 대회로, 가수

나팔박의 사회로 진행됐다.

본선 진출자 33명이 경쟁한 결과, 영예의 대상은 '바래 길'을 부른 손세운 씨가 차지했다.

최우수상은 이유찬 씨, 우수상은 남해영 씨, 장려상은 배주연·황서백 씨가 각각 수상했다. 인기상은 최미자·최욱·전승백 씨에게 돌아갔다.

수상자들에게는 소정의 상금과 가수 인증서가 주어졌다. 또 참가자 전원에게는 소정의 수고료를 지급했다.

행사는 노래 경연뿐만 아니라 이미애 크로마하프 연주자, 황보서 세계 휘파람 챔피언, 김성하 섹소폰 연주자, 박주용 가수, 조상영 웃음박사, 최진출·김상겸·김정현 가수의 축하 공연 등 다양하게 진행돼 큰 호응을 얻었다.

김정기(심산서울병원 이사장) 가수 박태희 후원회장은 "이번 경연대회를 계기로 이런 문화가 전국적으로 더욱 확산 되기를 바라며, 모든 참가자들과 관객들의 뜨거운 열정에 깊이 감사를 드린다”고 소감을 전했다.

박태희 가수는 “코로나 19 어려움을 꿋꿋이 이겨내고 새로운 희망을 노래 하고 저의 따뜻하고 감성적인 음악이 일상에 지친 모든 분께 몸과 마음을 위로하고, 신나는 무대로 유쾌한 에너지를 발산하는 행사가 되었다”면서 “다음 대회는 더욱 알차게 준비하겠다”고 밝혔다.

한편, 이번 경연대회는 (사)한국연예예술인총연합회 부산광역시지회와 (사)한국대중음악인연합회가 후원하고, 자갈치가요마당 TV가 기획과 연출을 맡았다.

그리고 전국 유명 유튜브 나팔박 TV, 트로트커피숍, 손앙드레김 TV, 자갈치가요마당, 가요TV 부산총국 등에서 실시간으로 생중계했다.

– 뉴시스 2022년 6월 20일자

박태희 스카우트경남연맹장
창원대 산학협력 교수로 임용

박태희 한국스카우트경남 연맹장이 창원대 산학협력교수로 임용됐다.

밀양 출신의 정치학 박사인 박 연맹장은 그동안 경남도의회 의원, 경남도 교육위원 등을 역임했고, ㈜부민종합건설 최고경영자(CEO)와 가수로 왕성한 활동을 하는 등 다재다능하다는 평가다.

창원대 관계자는 "산학협력의 중추적인 역할을 맡아 성과 극대화에 기여할 적임자로 평가돼 이번에 산학협력교수로 채용하게 됐다”고 배경을 밝혔다.

2010년부터 한국스카우트경남연맹장을 맡은 박 연맹장은 전국적으로 유일하게 150여 명의 다양한 직업군을 가진 육성회를 조직하여 청소년 단체 활성화를 위해 노력을 펼치고 있다.

최근에는 어릴 적 꿈꾸었던 가수의 꿈을 이루어 양로원, 사회복지시설 등에 초청돼 재능 기부를 하고 있다.

— 부산일보 2017년 4월 24일자

박태희 스카우트 경남연맹장 정치학 박사

박태희(사진) 한국스카우트 경남연맹장이 지난 22일 경남대학교 제64회 후기 학위수여식에서 정치학 박사 학위를 취득했다. 박 연맹장은 '한나라당의 공직후보 선출제도에 관한 연구' 논문에서 1987년 민주화 이후 가장 오랫동안 당명을 유지한 한나라당의 공직후보 선출제도에 대해 연구했으며 문제점을 파악하고 개선방안을 제시했다.

특히 박 연맹장은 그동안 특정 선거에서 국한적으로

시행해왔던 기존 연구들을 종합적으로 분석해 한나라 당 당명을 가지고 해왔던 대선후보 선출과정, 국회의원 후보 선출과정, 기초단체장 선출과정에 적용된 다양한 공천제도를 종합적으로 연구했다.

박 연맹장은 이 연구를 바탕으로 공천방식의 다양화와 공천방식의 제도화, 후보 선출권자의 개방화와 분권화, 정당 공천의 투명성 강화, 정책선거, 지방선거에 있어서 정당공천제 폐지 등을 주장했다.

박 연맹장은 "이 연구가 일반 유권자의 정치참여 확대에 이바지할 수 있는 선행논문이 돼 우리나라 정치발전에 보탬이 될 수 있기를 바란다"고 말했다.

박 연맹장은 ㈜부민종합건설 회장, 새누리당 여의도연구소 정책자문위원으로 활동하고 있다.

– 경남도민일보 2014년 8월 27일자

'늦깍이' 박태희 가수,
1년만에 3집 앨범 '왕성한 활동'

– 트로트 '보리고개', '묻지 마세요' 등 담아
– 경남도의원 출신 경력

'늦깍이' 박태희(61) 가수가 세 번째 음반을 내고 왕성한 활동을 하고 있다. 밀양 출신인 박태희 가수는 최근 트로트 메들리 〈두 남자 빅쇼〉를 냈다.

그는 3년 전 '꿈의 노래'와 '별'을 담아 1집을 낸 데 이어 지난해 6월 '밀양 머슴아', '바래길', '남편', '인연이란' 등을 담은 2집을 냈고, 1년만에 3집을 낸 것이다.

이번 앨범에는 '보리고개', '묻지 마세요', '남자는 말합니다' 등 노래 19곡이 수록되어 있다. 박태희 가수는 밀양과 서울을 오가면서 직접 선곡작업부터 편곡까지 참여했다.

박태희 가수의 이력은 화려하다. 그는 한때 정치인으로 경남도의원을 지냈고, 정치학 박사에다 올해 3월부터 창원대 '중점교수'로 있다.

또 그는 한국스카우트 경남연맹장을 8년째 맡아오고 있다. '경남 대표 명인 및 대가 작품전시회', '제1회 청소년 케이(K)-팝(POP) 경연대회', '라오스-캄보디아 등 국제 봉사활동' 등에 함께 하기도 했다.

사회봉사 활동도 바쁘다. 그는 청소년들한테 꿈과 희망을 심어주는 '청소년 지도자' 활동을 하고, 이웃돕기와 저소득층 청소년 생필품 지원, 자원봉사 활동도 앞장서고 있다.

이번 앨범은 전국 180여곳 고속도로 휴게소에서 발매될 예정이다. 박씨는 앨범 판매 수익금을 사회에 기부할 계획이라 했다.

박태희 가수는 "노래를 즐기고 봉사를 즐기는 게 꿈이다"며 "부르는 곳 어디라도 가서 희망의 전도사가 되고 싶다"고 말했다.

그는 창원을 비롯한 여러 축제에 초청가수로 무대에 서고 있다.

박태희 가수는 오는 27일 마산아리랑관광호텔에서 3집 앨범 발표회를 연다.

– 오마이뉴스 2017년 7월 4일자

트로트왕자 꿈꾸는 박태희 전 도의원

- 세 번째 앨범 〈두 남자 빅쇼〉 출시…27일 발표회

기업인, 정치인, 교수 등 다양한 변신을 하고 있는 박태희 전 도의원이 트로트 메들리 음반을 최근 출시했다.

'가수' 박태희(사진) 전 의원은 밀양 출신 정치학 박사로, 기업 CEO, 도의원, 도 교육위원을 역임했으며, 한국스카우트경남연맹장으로 8년째 활동하며 다양한 사회공헌 활동을 하고 있다. 지난 4월 창원대 산학협력 중점교수로 임용되기도 했다.

3년 전 1집 앨범으로 '꿈의 노래' '별' 2곡의 신곡을 발표하며 늦깎이 가수로 데뷔한 박 전 의원은 지난해 6월 '밀양 머슴아', '바래길', '남편', '인연이란' 등 4곡의 2집 앨범을 발표했으며, 다시 1년여 만에 트로트 메들리 음반 〈두 남자 빅쇼〉를 발표하게 됐다. 음반은 2장의 CD로 구성돼 있는데, 1번째 CD는 박 전 도의원, 2번째 CD는 트로트 가수 백동수의 노래를 담았다. 〈두 남자 빅쇼〉는 전국 180여 고속도로 휴게소에서 판매할 예정이며, 수익금은 도움이 필요한 곳에 기부할 계획이다. 이번 음반에서 박 전 의원은 '밀양머슴아'를 비롯해 '보리고개', '묻지 마세요', '남자는 말합니다' 등 다른 트로트 가수의 노래 19곡을 리메이크해 수록했다.

박 전 의원은 "트로트 메들리 음반에 과감한 변화를 시도했다. 이전의 가창력과 열정으로 똘똘 뭉친 느낌에서 차분히 감상하며 때론 감성에 젖어 함께 노래를 부를 만한 성인 가요 명곡을 음반에 담았다"며 "3개월 동

안 밀양과 서울을 오가면서 직접 선곡 작업부터 편곡
까지 참여해서, 한 곡 한 곡 심혈을 기울여 더욱 애정
을 느낀다"고 소개했다.

박 전 의원은 27일 창원 마산회원구 마산아리랑관광
호텔에서 3집 앨범 발표회를 앞두고 연습에 매진하고
있다.

– 경남도민일보 2017년 7월 13일자

도의원 출신 가수 박태희 씨
– 노래도, 봉사도, 학업도 '박사'

경남도의원 출신 가수 박태희씨의 공연 모습.

밀양 출신으로 도의원을 지낸 가수 박태희(62)씨가 지난달 14일 밀양아리랑아트센터 대공연장에서 첫 콘서트를 열었다. 이날 콘서트는 전국 각지에서 몰려든 인파로 성황을 이뤘다.

이처럼 첫 콘서트를 열면서 엄청난 관객들이 몰려온 것은 그의 남다른 이력과 열정, 끊임없는 노력과 도전 정신의 결과다.

이날 콘서트는 코미디언 엄용수의 사회로 진행됐으며, '님의 향기' 가수 김경남, 천재 기타리스트 김광석, '돌리도' 가수 서지오, 휘파람 세계챔피언 황보서, 웃음박사 조상영 교수가 우정출연했으며, 함종한 한국스카우트 총재, 최해범 창원대 총장, 김형성 전 대한적십자사 경남지사 회장, 이상조 전 밀양시장과 팬클럽 회원 등 1500여명이 참석했다. 콘서트는 노래방 선두주자 금영그룹과 팬클럽이 후원했다.

박태희 가수 후원회장 김정기(창원 의창구 팔룡동) 심산유곡 대표는 "박태희 가수의 끊임없는 도전과 열정에 찬사를 보내며, 이번 콘서트는 따뜻하고 감성적인 음악이 일상에 지친 관객들에게 몸과 마음을 위로하고, 신나는 무대로 유쾌한 에너지를 발산하는 공간이었다"고 말했다.

콘서트는 박 가수가 데뷔 4년 만에 연 첫 단독 콘서트로 그동안 대중들이 사랑해준 곡들을 모아 구성했다. 그의 톡톡 튀는 매력과 구성진 가창력으로 젊은 세대부터 어르신까지 모두의 눈과 귀를 사로잡으며 공연을 성황리에 마쳤다. 앞으로 노래부르기 경연대회 개최와 전국적인 콘서트도 가질 예정이어서 더욱 활약이 기대된다.

그는 건설회사 CEO에서 경남도교육위원을 거쳐 경남도의원으로 정계에 입문, 밀양 발전을 위해 젊음을 바쳤다.

경남도의원 출신 가수 박태희씨.

정치와 체육, 교육계와 문화예술활동, 지역봉사에 바친 성실한 삶의 이력을 일일이 다 열거하자면 책 한 권을 써도 모자랄 만큼 열정적인 삶을 걸어왔다. 인간 박태희의 열정적인 삶과 고향에 대한 애정과 함께 아름다운 시간들로 만들어진 그의 노래로 이웃에게 기쁨을 주고 자신에게 최선을 다하는 삶을 살아왔다.

그는 '밀양머슴아', '바래길' 등으로 선풍적인 인기를 몰고 다니며 밀양을 전국에 알리고 있다.

그는 노래를 통해 많은 사람들에게 희망을 주고 자신의 노래를 통해 즐거움을 주고자 지난 2015년 1집 앨범 '꿈의 노래', '별' 2곡의 신곡을 발표하며 데뷔했으며, 2016년 '밀양머슴아', '바래길', '남편', '인연이란' 등 신곡 4곡을 담은 2집 앨범을 발표했다.

지난해에는 세 번째 앨범 '두 남자 빅쇼'를 출시했다. 특히 2집 앨범 발표 수익금을 저소득층 청소년 여성용품 구매에 사용하라며 창원시 의창구에 기탁했고, 제3집 앨범 수익금도 밀양시청에 기탁했다. 비교적 늦은 나이에 늦깎이 가수로 데뷔 했음에도 끊임없는 열정으로 지금까지 눈부신 활동을 펼치고 있다.

경남도의원 출신 가수 박태희씨.

경남도교육위원, 경남도의원, 국립 창원대 중점교수,
한국스카우트 경남연맹장, CEO, 정치학 박사 등의 특
이한 이력 때문에 KBS 아침마당 등 TV방송과 서울원
음방송 등 다수의 라디오 방송에 화제의 인물로 소개
됐고, 경남특산물박람회, 마산국화축제 등 많은 행사
에 출연했다.

또 지난 5월에는 창원윈드오케스트라와 협연하며 관객들로부터 큰 호응을 받았다. 최근에는 조상영 노래교실 등 50여 곳의 노래교실에서도 왕성한 활동을 하고 있으며, '밀양머슴아', '바래길' 이 노래방 금영, 태진 반주기에 등록돼 많은 사람들의 애창곡이 되고 있다.

지난해 12월 (사)한국방송가수연합회에서 주관하는 제2회 한국방송가수대상에서 신인가수상을 수상했고, 올해에는 동아연합신문사(일본) 가수대상, (사)한국방송가수연합회 가수 대상식에서 '우수 가수상'을 수상하는 등 왕성한 활동을 하고 있다.

박태희(왼쪽)씨가 2집 앨범 수익금 200만원을 창원시에 저소득층 청소년 여성용품 지원금으로 기탁했다.

노래뿐만 아니라 봉사활동도 활발하게 해오고 있다. 경남도의원과 교육위원 시절 태풍 매미 피해 학생 50명에 장학금을 지원했으며, 대학교와 고등학교에도 장학금을 지원했다. 이 외에도 출판기념회 수익금 전액을 저소득층 지원을 위해 내놓았고, 모친 조의금 1000만원을 미혼모 지원을 위해 밀양시에 기탁하는 등 끊임없는 봉사와 선행을 해오고 있다.

대표적인 청소년 단체인 한국스카우트 경남연맹장 재직 시의 활동은 더욱 두드러졌다. 청소년들에게 꿈과 끼를 심어주기 위한 제1회 경남청소년 K-POP 경연대회를 KBS 창원방송총국과 공동으로 개최해 성황리에 행사를 마쳐 대중들의 귀감이 됐다.

이 밖에 경남 대표 명인 작품전시회, 스카우트 대원 단복 사주기 운동, 스카우트 후원을 위한 각계각층의 육성회 조직 등의 활동으로 대통령 표창과 스카우트 무궁화 금장을 수상한 것을 비롯해 지난 2011년 '대한민국 자랑스런 혁신 한국인상', 2017년에는 '대한민국 사회봉사 부문 인물대상'을 수상했다.

동아대학교 언론홍보대학원에서 신문방송학과 언론학 석사, 경남대학교 대학원에서 정치학 박사를 취득한 그는 공부하는 가수답게 교육문제에도 많은 관심을 가져왔다.

그는 경남도교육위원, 도의원 시절부터 밀양교육청 이전, 밀양여고 교실 증축 및 체육관 건립, 과밀학급 해소를 위한 미리벌초등학교 건립, 밀주초등학교 체육관 건립 및 밀양 지역 각 학교 노후시설 예산 확보 등에 기여했고, 청소년단체 지도교사 가산제도 시행을 최초 발의하기도 했다. 또 청소년 단체 활성화 및 밀양육상 후원회 결성 등 육상 꿈나무 발굴과 육성에 기여한 공로 등으로 지난해 밀양교육청이 제정한 제19회 밀양교육상 '사회교육 및 교육봉사' 부문을 수상하는 영광을 안았다.

그는 "지난해 10월 밀양 시민의 날 기념행사에서 박순희·한경민 노래교실 60여명으로 구성된 합창단이 밀양 시민과 함께 '밀양머슴아'를 불러 박수갈채를 받았을 때가 최고의 행복한 순간이었다. 앞으로 밀양을 위해 노래를 부르고, 봉사를 즐기는 게 꿈"이라며 "부르

는 곳 어디라도 가서 노래로 희망의 전도사가 되고 싶
다”고 포부를 밝혔다.

그가 도의원 가수라서, 또 박사 가수라서 대중들로부
터 꾸준한 사랑을 받는 것은 아니다. 전국 어디서나 그
를 부르는 곳이면 밤낮 관계없이 달려가는 그의 열정
과 노래를 통해 행복을 전해주고 싶은 아름다운 마음
이 있어 사람들은 가수 박태희를 사랑하는 것이리라.

– 경남신문 2018년 12월 27일자

정치인서 늦깎이 가수 데뷔한
박태희 첫 콘서트

– 내달 14일 밀양아리랑아트센터…"노래와 봉사를 즐긴다"

건설회사 최고경영자(CEO), 경남도의원, 교육위원에
다 한나라당 밀양시장 후보 등 다양한 직책과 명함을
가졌다가 가수로 변신한 박태희(62) 씨가 첫 단독 콘
서트를 연다.

내달 14일 오후 7시 고향 밀양의 아리랑아트센터 대공
연장에서 오후 7시. 콘서트는 노래방 선두주자 금영그
룹과 박 씨 팬클럽이 후원한다. 콘서트는 코미디언 엄
용수 사회로 진행된다.

평소 박 씨와 인연이 깊은 '돌리도' 가수 서지오, '님의
향기' 가수 김경남, 천재 기타리스트 김광석, 방송인 웃
음박사 조상영 교수, 세계 휘파람 챔피언 황보서 씨 등
이 우정 출연한다.

박 씨는 2015년 1집 앨범 '꿈의 노래', '별' 등 2곡의 신
곡을 내며 가수로 데뷔했다. 2016년 '밀양 머슴아', '바
래길', '남편', '인연이란' 등 신곡 4곡을 담은 2집 앨범
을 발표했다. 지난해에는 세 번째 앨범 '두 남자 빅쇼'
를 출시했다.

그는 2집 앨범 발표 수익금을 저소득층 청소년 여성용
품 구매에 사용하라며 창원시 의창구에 기탁했고, 제
3집 앨범 수익금도 밀양시청에 기탁한 바 있다. 박 씨
는 또 출판기념회 수익금 전액을 저소득층 지원을 위
해 내놓았고, 태풍 매미 피해 학생 50명에게 장학금도

지원했다. 모친 조의금 1천만원을 미혼모 지원을 위해 밀양시에 기탁했으며, 대학교와 고등학교에도 장학금을 내놓는 등 기부를 이어가고 있다.

그는 가수로 활동하면서 다른 분야 봉사 활동도 꾸준히 해 청소년단체인 스카우트 활동으로 대통령 표창과 무궁화 금장을 수상했다.

2011년엔 대한민국 자랑스런 혁신 한국인상, 2017년 대한민국 사회봉사 부문 인물 대상을 받았다. 그는 다양하고 특이한 경력 탓에 여러 방송에 잇따라 화제의 인물로 소개됐고 각종 행사에 출연하고 있다.

박 씨는 "노래를 즐기고, 봉사를 즐기는 게 꿈이다"라며 "부르는 곳이 어디든 달려가서 희망의 전도사가 되고 싶다"고 말했다. 이번 공연 티켓은 전석 만원이다.

– 연합뉴스 2018년 10월 21일자

노래 봉사하는 가수 박태희,
밀양교육상 수상

- 사회교육·봉사 공로 인정

지난 4일 밀양교육지원청으로부터 사회봉사부문 교육상을 수상한 한국보이스카우트 박태희 경남연맹장.

밀양 출신으로 최근 가수로 활동하고 있는 한국스카우트 박태희 경남연맹장이 밀양 교육 발전에 노력한 공로를 인정받아 밀양교육지원청으로부터 제19회 밀양교육상을 수상했다. '사회교육 및 교육봉사' 부문에서 수상을 하였다.

박태희 연맹장은 경남도교육위원, 도의원을 거치면서 밀양교육지원청 이전, 밀양여고 교실 증축 및 체육관 건립, 과밀학급 해소를 위한 미리벌초등학교 건립, 밀주초등학교 체육관 건립 등 밀양교육발전을 위해 공헌했다.

또 2010년 부터는 한국스카우트 경남연맹장을 맡아 지속적으로 봉사활동을 해오고 있다. 이같은 공로로 지난달에는 청소년단체 지도자 도지사 표창장을 받았다.

박 연맹장은 노래를 통해 시민들에게 희망을 주고자 2015년 1집 앨범 '꿈의 노래, '별' 등 2곡의 신곡을 발표하며 가수로 데뷔했다.

2016년 6월에는 '밀양 머슴아', '바래길', '남편', '인연이란' 등 신곡 4곡을 담은 2집 앨범을 발표한 데 이어 지난해에는 세 번째 앨범 '두 남자 빅쇼'를 출시해 현재 전국 고속도로 휴게소에서 판매하고 있다.

박 연맹장은 2집 앨범 발표 수익금을 저소득층 청소년

여성용품 구입을 위해 창원시 의창구에 기탁했으며, 제3집 앨범 수익금은 밀양시청에 기탁해 주위 사람들에게 훈훈한 감동을 선사했다.

박 연맹장은 지난달에는 (사)한국방송가수연합회에서 주관하는 제2회 한국방송가수대상에서 신인가수상을 수상했다.

그는 최근에는 농촌드라마 '천년동 사람들'드라마 촬영에도 열중하고 있다. 이 드라마에서 박 연맹장은 노래교실 선생님을 겸하는 잡화상 장수로 등장한다.

박 연맹장은 "노래를 즐기고, 끊임없이 봉사를 하는게 꿈"이라며 "부르는 곳 어디라도 가서 '희망의 전도사'가 되고 싶다"고 말했다.

– 국제신문 2018년 1월 8일자

'늦깎이 가수' 박태희 씨
사랑의 성금 500만원 기탁

– 노래로 위로 전하고 이웃사랑 실천도

밀양 출신 '늦깍이 가수' 박태희(왼쪽)씨가 지난 16일 밀양시장실을 방문하여 '사랑의 성금' 500만원을 기탁했다.

밀양 출신 '늦깍이 가수' 박태희(61)씨가 지난 16일 밀양시장실을 방문하여 '사랑의 성금' 500만원을 기탁했다.

지난 2015년 만 59세 나이로 1집 앨범 '꿈의노래', '별'

2곡의 신곡 발표로 데뷔하였으며, 1년 만인 지난해 6월 '밀양 머슴아', '바래길', '남편', '인연이란' 신곡 4곡을 담은 2집 앨범을 발표했으며, 또 밀양머슴아 바래길 노래가 1년만에 금영반주기에 등록됐다.

지난 7월 27일 1년 만에 3집 트로트 메들리 음반 '두 남자 빅쇼'를 출시하면서 앨범 판매금액을 어려움을 겪는 미혼모들에게 사용되기를 희망하면서 밀양시에 기탁했다.

박태희씨는 한국스카우트 경남연맹장으로 활동 중으로 평소 타인에 대한 배려와 봉사가 몸에 배어 있어 소외되고 어려운 이웃들을 향한 위로의 메시지를 던지며 외로운 곳 소외된 곳 등에서 노래공연으로 알찬 시간을 차곡차곡 채워가고 있으며, 이 같은 박태희씨의 이웃에 대한 사랑과 열정이 지인들을 놀라게 하고 있다.

박일호 밀양시장은 "정성담긴 성금을 어려움을 겪고 있는 지역의 미혼모에게 잘 전달하겠다. 어려운 이웃을 위한 나눔활동에 참여해 주셔서 감사드리며 앞으로도 지역사회복지 발전에 앞장서 주시길 바란다"며 감사의 뜻을 전했다.

한편, 박태희씨는 경남도교육위원과 경남도의원을 거친 정치학 박사로 창원대학교 산학협력 중점교수이자 부민종합건설 회장, 한국스카우트 경남연맹장을 맡고 있기도 하다.

– 경남도민신문 2017년 8월 16일자

트로트와 클래식의 만남,
정치학 박사 가수 박태희 씨 공연
- 관악인 45명으로 구성된 관악 전문연주팀과 함께 공연

오는 29일 창원 성산아트홀 대극장에서 창원윈드오케스트라 정기연주회에 트로트 가수로 무대에 오르는 박태희 가수.

정치학 박사인 가수 박태희 씨가 오는 29일 창원 성산 아트홀 대극장에서 창원윈드오케스트라(단장 김도기) '제15회 정기연주회'에 트로트 가수로는 처음으로 무대에 오른다.

창원윈드오케스트라는 부산·경남 음악전공자를 중심으로 지역 관악인 45명으로 구성된 관악(금관, 목관, 타악기) 전문 연구단체다.

창원윈드오케스트라는 관악의 뜨거운 열정과 노력을 통해 창원 등지에서 다양한 연주 활동을 통해 도민들로부터 큰 사랑을 받고 있다.

이번 공연은 정통 클래식뿐 아니라 영화음악, 가곡, 팝송, 가요 등 폭넓은 래퍼토리로 무대를 꾸민다. 특히 이번 공연에는 그동안 3집 앨범까지 출시한 트로트 가수인 박태희 씨가 특별공연을 가져 눈길을 끌고 있다.

박 씨는 서울, 부산 등 각종 방송출연 및 지역사회에서 노래교실, 각종 축제 등을 통해 외롭고 소외된 곳에 봉사활동을 해오고 있다. 이번에 그의 히트곡인 '꿈의 노래'와 '별'을 노래한다.

박태희 씨는 "트로트 음악에 대한 남다른 애정 때문에 색다른 시도에 사뭇 기대가 된다. 멀게만 느껴지던 클래식이 새롭고 유쾌한 시도로 대중들에게도 좀 더 다가 갈 수 있는 계기가 되길 바란다"고 말했다.

김도기 단장은 "많은 분들이 전문 연주자들의 클래식 공연과 함께 무대에 오르는 트로트를 음미하는 시간이 되길 기대한다. 문화예술도시로서의 창원시 발전에 기여할 수 있는 공연이 될 수 있도록 하겠다" 말했다.

– 국제신문 2018년 5월 21일자

'경남 기부천사' 박태희,
고향서 단독 콘서트

‒ CEO·도의원 지내다 가수 변신

‒ 14일 밀양 아리랑센터서 공연

경남의 노래하는 기부천사로 왕성한 가수 활동을 펴고 있는 박태희(62·사진)씨가 자신의 고향에서 첫 단독 콘서트를 가진다.

건설회사 최고경영자(CEO), 경남도의원 등 다양한 직책을 경험한 뒤 가수로 변신한 박씨는 11월14일 오후 7시 고향 밀양의 아리랑아트센터 대공연장에서 단독 콘서트를 연다.

이번 콘서트는 국내 최대 노래방 선두주자 금영그룹과 박씨 팬클럽이 후원하며 코미디언 엄용수 사회로 진행된다. 또 평소 박 씨와 인연이 깊은 '돌리도' 가수 서지오, '님의 향기' 가수 김경남, 천재 기타리스트 김광석, 방송인 웃음박사 조상영 교수, 세계 휘파람 챔피언 황보서씨 등이 우정 출연한다.

박씨는 2015년 1집 앨범 '꿈의 노래' '별' 등 2곡의 신곡을 내며 가수로 데뷔해 2016년 '밀양 머슴아' '바래길' '남편' '인연이란' 등 신곡 4곡을 담은 2집 앨범을 발표한 데 이어 지난해 3집 앨범 '두 남자 빅쇼'를 출시했다.

박씨의 소외계층 기부도 남다르게 이어지고 있다. 2집 앨범 발표 수익금을 저소득층 청소년 여성용품 구매에 사용하도록 창원시에 기탁했고 제3집 앨범 수익금도 밀양시청에 기탁했다.

또 출판기념회 수익금 전액을 저소득층 지원을 위해 내놓았고 태풍 매미 피해 학생 50명에게 장학금도 지원했다. 그리고 자신의 어머니 조의금 1000만원을 미혼모 지원금으로, 또 대학교와 고등학교에도 장학금을 내놓는 등 기부를 이어가고 있다. 박씨는 "노래가 좋아 즐기고, 봉사를 즐기는 게 꿈이다"라며 "나를 부르는 곳이 어디든 달려가서 희망의 전도사가 되고 싶다"고 말했다.

– 세계일보 2018년 11월 1일자

도의원 출신 가수 박태희,
11월 5일 축제 형식 콘서트 이벤트

– 밀양아리랑센터 대공연장서 신곡발표회 겸한 이색 공연

– 두 차례 '가수 박태희 노래 경연대회' 이어 콘서트로 확장

늦깎이 가수로 활동하며 시니어 모델과 영화배우로 활동 범위를 확장해
온 박태희는 11월 5일 오후 6시30분 밀양시 밀양아리랑아트센터 대공연
장에서 콘서트를 개최한다.

가수 박태희가 신곡 발표회를 겸한 이색 콘서트를 갖
는다.

늦깎이 가수로 활동하며 시니어 모델과 영화배우로 활동 범위를 확장해온 박태희는 11월 5일 오후 6시30분 밀양시 밀양아리랑아트센터 대공연장에서 콘서트를 개최한다.

박태희는 지난 2022년 12월 김해 남명아트홀에서, 지난해 제1회 '가수박태희 노래 경연대회'를 개최해 관심을 끌었다. 그의 대표곡들을 불러 입상자를 결정하는 형식의 노래 경연대회였다.

1회 대회가 성황을 이루며 대성공을 거두자 6개월 후인 지난해 6월 제2회 '가수박태희 노래 경연대회'를 밀양아리랑아트센터에서 개최해 다시 화제를 모았다. '바래길' '인연이란' '시골장날' 3곡 중 한 곡을 선택해 부르는 이 대회에서 김형호가 대상 수상자로 뽑혔다.

이번에는 그동안 진행해온 신곡 발표회를 축제 형식의 콘서트 이벤트로 확장했다. 가수 최영철 배진아 제임스킹 나팔박 머루법사 등 동료가수들이 게스트로 출연한다. 또 기타리스트 야니김도연, 톱연주자 일념 진효근의 특별공연도 마련된다.

아나이스 무용단과 코러스 샾의 출연으로 한층 화려해
질 박태희 콘서트에는 또 제1회 박태희노래 경연대회
대상 수상자인 손세운(진운)과 제2회 경연대회 대상
수상자 김형호도 게스트로 출연한다. 박태희 후원회와
박태희 팬클럽이 주최하고 밀양시와 밀양시의회 후원
한다.

가수 박태희는 경남도의원, 경남 교육위원을 지낸 뒤
지난 2014년 경남대학교에서 정치학 박사 학위를 받
고 이듬해 59세의 나이로'꿈의 노래'라는 곡을 발표하
며 가수 활동을 시작했다.

2020년 (사)국제모델협회 회원이 되면서 시니어모델
로 활동을 시작해 2023년에는 전주MBC의 농촌 주말
드라마 '천년동 사람들'에 노래교실 선생님으로 출연
하며 연기자로 나서 관심을 끌었다. 또 지난 3월에는
영화 '감동의 패션쇼 런웨이'의 김수로왕 역으로 뽑히
기도 했다.

– 더 팩트 2024년 10월 17일자

모델 겸 가수 박태희,
영화 주연 배우 뽑혀 화제

– '2024 한류스타 패션모델 퀸 선발대회' 대상 수상으로
– 최우철 교수 영화 '감동의 패션쇼' 주연 수로왕 역 맡아

박태희 모델 겸 가수, 영화 '감동의 패션쇼 런웨이' 주연 배우 수로왕 의상 화보 촬영

경남 밀양 출신 모델 겸 트로트 가수인 박태희 씨가 영화 주연 배우로 뽑혀 화제다.

박 가수는 지난달 28일 김해 유앤락몰 그랜드볼룸홀에서 열린 이태리패션, 밀라노컬렉션 월드베스트, 패션모델협회 조직위 주최, 디자이너 최우철 교수와 아시아스타 패션모델협회 후원 '2024 한류스타 패션모델 퀸 선발대회'에 참가해 대상을 차지해 디자이너 최우철 교수의 일대기를 그린 영화 '감동의 패션쇼 런웨이' 주연 배우인 김수로왕 역할을 맡게 됐다고 5일 밝혔다.

박 가수는 이어 지난 29일 김해 클레이아크 미술관에서 영화 '감동의 패션쇼 런웨이' 허왕후와 김수로왕 역의 주연 배우 의상 영화 화보 촬영에 참여했다.

밀라노컬렉션 관계자는 "한-인도 수교 50주년 기념 전시회인 '인도현대도자전'이 열리는 클레이아크 미술관에서 인도 아유타 공주인 허왕후 배우 의상 촬영은 드라마틱한 설정이며, 이를 통해 인도와 가야왕국, 그리고 현대적 여성의 미를 재현한 최우철 교수의 디자

인을 소개하고 영화화하는 것은 매우 뜻깊은 작업이
다"고 의미를 부여했다.

박 가수는 "김해 가야왕국의 역사와 전통을 상징하는
김수로왕을 연기하게 되어 매우 기쁘다. 철기문화와
발전된 문물을 간직한 가야왕국의 위상을 높이는 김수
로왕 역할을 잘 연기하기 위해 노력하겠다"고 말했다.

지난 2월 29일 김해 클레이아크 미술관에서 밀라노컬렉션 최우철 교수 제작 영화 '감동
의 패션쇼 런웨이' 남자 주연 박태희 가수, 박경아 시나리오 작가, 최춘란 등 선발된 배우
들이 기념촬영하고 있다. (사진=최우철 교수 디자이너 제공)

영화 '감동의 패션쇼 런웨이'는 가양왕국와 허왕후, 김
수로왕의 의상을 현대적으로 아름답게 표현하고 세계

에 알리는 디자이너 최우철 교수의 일대기 12편 시리
즈 중 제1편으로, 2025년 국제영화제에 출품할 계획
이다.

최우철 교수는 오는 5월 22일 단역과 조연, 대역 배우
등을 추가로 선발할 예정이다.

– 네이트뉴스 2024년 3월 22일자

5집 음반 낸 경남도의원 출신
박태희 트로트가수… 11월 5일 발표

– "인생 즐기고 봉사하는 지금이 소중… 부르는 곳 어디든 가
겠다"

건설회사 CEO(최고경영자), 경남도의원, 한국스카우
트 경남연맹장, 창원대학교 산학협력 중점교수, 정치
학 박사 등 화려한 이력을 보유한 트로트 가수 박태희
(68) 씨가 5집 음반을 낸다.

박씨는 11월 5일 오후 6시 밀양시 밀양아리랑아트센터에서 5집 발표회 겸 콘서트를 한다고 19일 밝혔다.

신곡 '여보 사랑해요'와 먼저 발표한 앨범에 실렸던 '밀양 머슴아', '별' 등 8곡을 곡을 모아 5집을 냈다.

어릴 때 가수를 꿈꾼 그는 평소 노래 부르기를 즐겼다. 일반인들이 현직에서 은퇴할 즈음, 가수로 변신하며 인생 이모작에 도전했다.

60대를 앞둔 2015년 '꿈의 노래', '별' 등 2곡의 신곡을 내며 가수 데뷔를 했다.

칠순을 바라보는 현재까지 부산, 경남을 중심으로 왕성하게 가수로 활동한다.

그는 최근까지 밀양시민의 날 기념식·시민 한마당, 제41주년 경남도민의 날 기념 제1회 경남도민 가왕전 무대에 섰다. 앨범 수익금 등 활동 수익은 고향인 밀양시 등 지자체에 기탁하곤 했다.

박씨는 "인생을 즐기고 봉사하는 지금이 참 소중하
다"며 "부르는 곳은 어디라도 가 무대에 서겠다"고
말했다.

– 연합뉴스 2024년 10월 19일자

"노래에 담은 멋진 인생 2모작"
박태희 가수 5집 발표

- 11월 5일 밀양아리랑아트센터

- 최영철, 배진아, 제임스킹, 김도연, 진효근 등 출연

평소 모델·배우로 활동해온 밀양시 홍보대사인 박태희 가수가 오는 11월 5일 오후 6시 밀양아리랑아트센터 대 공연장에서 다섯 번째 노래 모음집 발표회를 연다.
박태희는 이번 공연에서 신곡 "여보 사랑해요"를 발표

하고 그동안 대중들이 사랑해준 노래들을 모아 들려준다.

박태희팬클럽후원회가 밀양시(의회) 후원으로 열리는 공연으로, 나팔박 사회에다 최영철, 배진아, 제임스 킹, 머루법사와 기타리스트 야니 김도연, 톱연주자 진효근이 무대에 선다. 또 '가수 박태희 노래 경연대회' 첫 대상 수상자인 손세운(진운)과 두 번째 대상을 받았던 김형호도 우정 출연한다.

박태희는 지난 2022년 6월 김해 남명아트홀에서 자신의 이름을 딴 '제1회 가수 박태희 노래 경연대회'를 열었다. 당시 전국 예심을 거쳐 30여명이 본선에 진출해, 박태희 가수의 인기곡 "바래길"과 "인연이란" 가운데 한 곡을 불렀다. 지난해 두 번째 대회에는 예심을 거쳐 30여명이 본선에 올라 "시골장날"을 포함해 3곡 중 한 곡을 선택해 불러 경연했고, 김형호가 영예의 대상을 탔던 것이다.

박태희는 노래뿐만 아니라 다양한 분야에서 봉사활동을 해오고 있다. 그는 경남도의원, 교육위원, 국립창원대 중점교수, 한국스카우트경남연맹장, 건설회사 경영자를 지냈고 정치학 박사학위를 갖고 있다. 그는 출판 기념회 수익금과 모친 장례 때 조의금을 모아 장학금과 미혼모 지원을 위해 기탁하기도 했다.

비교적 늦은 나이에 가수의 길을 걷고 있는 그는 2015년 1집 앨범 "꿈의 노래", "별"의 신곡 발표해 데뷔했고, 2016년 "밀양 머슴아", "바래길", "남편", "인연이란"을 담은 2집을 내놓았다. 그는 2017년에 세 번째 "두 남자 빅쇼"를 출시했고, 당시 발표회 수익금을 창원시 의창구청과 밀양시에 기탁했다.

이번 행사는 유튜브 나팔박TV, 트로트커피숍TV, 손앙드레김TV, 동네방네TV, 시소뮤직TV 등에서 실시간 생중계할 예정이다.

전국 공연을 계획하고 있는 가수 박태희는 "노래를 즐기고, 봉사를 즐기는 것이 꿈이고, 부르는 곳 어디라도 가서 희망의 전도사가 되겠다"라며 "멋진 인생 2모작의 성공을 위해 힘껏 뛸 것"이라고 밝혔다.

– 오마이뉴스 2024년 10월 20일자

가수 박태희, 3박 4일 중국 크루즈
선상 콘서트 '특별한 팬 만남'
- '바래길', '시골 장날' 등 서정적 토속 노래 잇달아 발표
- "바다 위 노래로 하나 되는 시간, 평생 잊지 못할 추억"

가수 박태희가 바다 위에서 팬들과 뜻깊은 시간을 나눈다. 오는 13일부터 16일까지 3박 4일 일정으로 인천항을 출발해 중국 위해를 경유하는 선상 크루즈 콘서트를 진행한다. / 박태희 SNS

도의원 출신 가수 박태희가 바다 위에서 팬들과 뜻깊은 시간을 나눈다.

박태희는 오는 13일부터 16일까지 3박 4일 일정으로 인천항을 출발해 중국 위해를 경유하는 선상 크루즈 콘서트를 진행한다.

이번 공연은 데뷔 이후 꾸준히 성원을 보내준 팬들에게 보답하고자 마련된 자리로, 노래와 함께 교감하는 특별한 축제가 될 전망이다.

정치학 박사 출신으로 50대 후반에 늦깎이 가수의 길에 들어선 박태희는 데뷔곡 '꿈의 노래'를 시작으로 '바래길', '시골장날' 등 서정적이고 따뜻한 토속풍의 노래를 잇달아 발표하며 왕성한 활동을 이어왔다.

사회 경험과 인생의 깊이가 묻어나는 그의 음악은 특히 중장년층 팬들에게 큰 공감을 얻고 있다.

박태희는 "데뷔 이후 꾸준히 아껴주고 관심을 보내주신 팬분들 덕분에 이 자리에 설 수 있었다"면서 "바다 위에서 노래로 하나 되는 시간, 평생 잊지 못할 추억을 선물하고 싶다"고 소감을 전했다.

이번 선상 콘서트는 단순한 공연을 넘어 팬들과 함께 여행을 떠나며 더 가까이 소통하는 자리가 될 것으로 기대된다. 가수 김형아, 진또배기, MC 김명덕이 동행한다.

특히 크루즈라는 이색 무대에서 펼쳐지는 음악회인 만큼, 박태희 특유의 따뜻한 무대 매너와 인생 이야기가 어우러져 관객들에게 색다른 감동을 안길 예정이다.

가수 박태희가 팬들과 함께 할 이번 선상 콘서트는 단순한 공연을 넘어 팬들과 함께 여행을 떠나며 더 가까이 소통하는 자리가 될 것으로 기대된다. 가수 김형아, 진또배기, MC 김명덕이 동행한다. / 팡팡투어

가수 박태희는 앞으로도 꾸준한 창작과 무대 활동으로
대중과 소통하며, 서정적이고 진솔한 노래로 세대와
지역을 아우르는 가수로 자리매김한다는 계획이다.

— 더팩트 2025년 9월 12일자

- 전)경남대학교 경남지역문제연구소 연구위원

- 전)동서대학교 출강

- 신라오릉보존회(전국박씨종친회) 부총재

- 세계한인재단 무궁화중앙회 서울회장

- 전)한국 스카우트 경남연맹장

- 전)한국 스카우트 연맹 중앙회 이사

- 전)대한적십자사 경상남도지사 상임위원

- 전)MBC경남 시청자위원회 위원장

- 부산포럼 운영위원 역임

- 바른정치를 원하는 시민의모임[바정모]집행위원 역임

- 한국환경 NGO협회 경남총괄본문 문화예술위원장 역임

- 사)한국해양환경보호중앙회 경남 문화예술위원장 역임

- UPF평화대사(홍보대사)

- 국제모델총연합회 회원 / UN 평화모델협회 회원

- 사)돔두리중증장애인교통복지협회 부설 액티브 퀸

  모델협회 고문

- 한나라당 경남도의회 사무총장 역임

- 여의도연구소 정책자문위원 역임

- 뉴라이트 학부모연합 경남상임대표 역임

- 민주산악회 경상남도 회장

- 경남대학교 경영대학원 총동창회 회장 역임

- 민주평화통일 자문회의 자문위원 역임

- 경남사회복지 공동모금회 운영위원 역임

- 경맥회 회장

- 한국스카우트 경남연맹 육성회 회장역임

- 국제로타리 클럽 부산광복클럽 회원

- 밀양 홍보대사

- 밀양 육상후원회 창립 및 초대회장 역임

- 박씨종친회 밀양시지부 초대청년회장 역임

- 밀양시·군 태권도 협회장 역임

- 밀양상공회의소 감사 역임

- 밀양소방서 의용소방대 연합회장 역임

- 밀양검찰청 범죄예방위원 역임

- 밀양경찰서 유치인 상담위원회 위원장(보안지도위원

  회 사무국장 / 방범대장) 역임

- 밀양교육청 학교운영위원회 협의회 회장 역임

- 밀양청년회의소 감사 역임

- 밀양시 바르게살기운동 사무국장 역임

- 예림초등학교 총동창회 회장 역임

- 밀양시 모범운전자회 고문 역임

- 밀양시 56년생 연합회 회장 역임

- 여여정사 신도 회장(범어사 방장 사찰) 역임

- 주택은행 밀양지점 명예지점장 역임

- 국민은행 밀양지점 명예지점장 역임

- 밀양우체국 명예우체국장 역임

- 저서『밀양은 항상 나를 꿈꾸게 한다』(2008)

이력사항

- (주)부민종합건설 회장

- 사)한국연예예술인총연합회 회원

- 사)대한가수협회 회원

- 사)대한 노래지도자 협회 운영위원

- 사)한국전통가요진흥법회 고문

- 웃음전문가 1급

- 유머화법지도사 1급

- 국제모델총연합회 회원

- UN 평화모델 회원

■ 1집앨범 – 꿈의노래, 별

■ 2집앨범 – 밀양머슴아, 바래길, 인연이란, 남편

■ 3집앨범 – 밀양머슴아 빅쇼(고속도로 트로트 메들리)

■ 4집앨범 – 시골장날

■ 5집앨범 – 여보사랑해요

- 1집 / 2집 앨범 디너쇼 마산아리랑관광호텔 (수익금

  전액 기부)

- 2집앨범 / 3집앨범 발표회(마산아리랑관광호텔 공연장)

- 제1회 가수 박태희 콘서트(밀양 아리랑아트센터 대공

연장 2018. 11. 14)

– 제2회 가수 박태희 콘서트(밀양 아리랑아트센터 대

공연장 2024. 11. 5)

– 제1회 가수 박태희 노래 경연대회 개최(대상 손세운

2022. 6. 19)

– 제2회 가수 박태희 노래 경연대회 개최(대상 김형호

2023. 6. 18)

– 제1회 청소년K-POP대회 개최[한국스카우트경남연

맹 KBS창원공동주최]

– 창원시 윈드오케스트라 트로트 협연 특별 출연(성산

아트홀 대공연장)

– 농촌드라마 "천년동 사람들"바래길 OST

– 드라마 "13월의 로멘스" 밀양머슴아 OST

수상 경력

– 대통령표창(2014)

- 내무부 장관 표창(1996)

- 도지사 표창 3회(2005 외)

- 경찰청장 감사장(1994)

- 경남경찰청장 감사장(1997)

- 경남교육감 감사장(2014)

- 2011년 대한민국 자랑스런 혁신 한국인상 사회공헌부

  분 수상

- 2017년 제13회 대한민국 인물대상 수상(사회봉사부분)

- 밀양교육상(2018)

- 한국스카우트연맹 무궁화 금장

- 한국청년회의소 모범회원상 수상

- 한국청년회의소 중앙회장 표창

- 2019한국을 빛낸 사람들 대상 대중가요부분 최고인

  기가수상 수상

- 제25회 대한민국 연예예술상 연예예술발전공로상

  (사회봉사상)

- 2019 한국을 빛낸 자랑스런 한국인 대상(가요부분)

- 2021 대한민국 다문화 예술대상(가요부분)

- 제28회 대한민국 연예예술상(한국예총 회장상)

- 2023 대한민국을 빛낸 자랑스런 칭찬대상

- 2024 아시아의 스타페스티벌축제 CF광고모델 오디
  션 패션쇼 시니어 코리아 스타 대상 수상

- 제7회 UN평화모델대회 – 금상수상

- (사)한국방송가수연합회 신인가수상 및 우수가수상 수상

- 동아연합신문사(일본) 가수 대상 수상

방송 출연 및 기타 경력

- KBS 아침마당 "꿈의 도전" 무대 출연(2016. 9. 28)

- MBC 가요베스트 초대가수(2016)

- MBC 경남 경남아 사랑해 3회출연

- KNN인물포커스 3회출연

- KBS 생생투데이(2021. 02)

- CJ경남방송 다수 출연

- 하나방송 다수 출연

- iNET 방송 가요TV 케이블 TV 등 다수 방송 출연

- 서울원음방송 부산, 대구, 익산원음방송 및 부산, 창원
  교통방송 MBC 경남 등 각 라디오방송 다수출연

- KBS 1 라디오, KBS 1 라디오 부산, KBS 1 창원 라디
  오, 제주교통방송, MBC 안동, 대전교통, 전주교통방송
  등 다수 출연

- 트롯쇼 인 밀양 초대가수 출연(밀양아리랑아트센터
  진성, 홍지윤)

- 제4회 가요TV 팔도 시니어모델 선발대회 심사위원

- 2024 베를린 한인회 송년 문화의 밤 행사 초청가수

지역축제 참여 경력

- 경남 특산물 박람회 초대가수

- 창원시 남산상봉제 초대가수

- 창원시 마산가고파 국화축제 초대가수

- 진영 단감 축제 초대가수

- 창원 단감 축제 초대가수

- 마산어시장 전어 축제 초대가수

- 창원 상남동 빛 축제 초대가수

- 기장 멸치 축제 초대가수

- 함안 마애사 산사음악회 초대가수

- 밀양 얼음골 사과 축제 초대가수

- 창녕 비사벌 축제 등등 지역축제 다수 출연

- 창원시합창단 찾아가는 음악회 초대가수

- 남해 멸치 축제 초대가수

- 창원 수박 축제 초대가수

- 창원시 미더덕 축제 초대가수

- 제15회 현인 가요제 초대가수

- 제12회 전국생활체육 장사씨름대회 초대가수(MBC

  스포츠 생방송 방영)

- 밀양아리랑 대축제 / 밀양 시민 체육대회 초대가수

- 밀양시민의 날 기념식 시민 한마당 축제 초대가수

- 경남 여성 봉사단체 창립 1주년 기념식 초대가수

- 세이 트로트 커피숍 18주년 심사위원장 겸 초대가수

- 신유 콘서트 게스트 출연

- 제16회 UN평화모델 선발대회 심사위원 겸 초대가수

- 골드클래스 모델협회 모델참여 겸 초대가수(베트남 다낭)

- 부산항 해양가요제 초대가수

- 마금산 온천축제 초대가수

- 밀양 대추축제 초대가수

- 밀양 아리나축제 초대가수

- 창원 미르축제 출연 초대가수

- 창녕 부곡온천축제 초대가수

- 창녕 낙동강 유채축제 초대가수

- 창녕 양파마늘축제 초대가수

- 남해 한우축제 초대가수

- 부산 자갈치축제 초대가수

- 남해군 생활체육대축전 초대가수

- 경남도민의 날 초대가수

- 미스 인터컨티넨탈 부울경 모델 선발대회 초대가수

- 밀양 수(水)퍼 페스티벌 트로트 대회 심사위원 및 초대가수

- 외 다수

* 초대 해주신 노래교실 강사님들께 깊은 감사를 드립니다.

- 부산, 창원 등 각지역 요양병원, 소외계층 및 노인 위문공연

- 강성호 어머니 노래교실(창원KBS)

- 강정숙 노래교실(서울, 구리)

- 강해라 노래교실(부산)

- 권정기 노래교실(김해, 밀양)

- 권중식 노래교실(광주, KBS 목포)

- 금채원 노래교실(부산)

- 김나운 노래교실(대전, 아산, 홍성)

- 김선미 노래교실(미사리, 서울)

- 김선빈 노래교실(거제)

- 김임경 노래교실((부산, 양산, 울주, 언양)

- 김재국 노래교실(부산)

- 김천수 노래교실(포항)

- 김혜란 노래교실(양주, 의정부, 서울)

- 김화열 노래교실(울산)

- 김훈 노래교실(부산, 거제)

- 나경미 노래교실(부산)

- 나명희 노래교실(양산, 부산)

- 나현재 노래교실(진주, 거창, 부산, 사천)

- 나효서 노래교실(밀양)

- 남인경 노래교실(고양, 서울)

- 명진 노래교실(부산, 양산, 경주, 울산)

- 박경훈 노래교실(부산)

- 박명희 노래교실(서울)

- 박선희 노래교실(양산)

- 박소희 노래교실(대구, 김천, 의성, 창녕)

- 박순희 노래교실(밀양, 창원, 김해)

- 박정숙 노래교실(서울)

- 서영이 노래교실(부산)

- 서은서 노래교실(부천, 서울)

- 서지운 노래교실(울주, 울산)

- 손영주 노래교실(고양, 남양주, 강화군)

– 수근 어머니 노래교실(울산KBS)

– 신나용 노래교실(포천, 남양주, 인천, 부천)

– 신명옥 노래교실(원주)

– 신정화 노래교실(창원, 마산)

– 신태성 노래교실(부산)

– 아라 노래교실(부산)

– 안은이 노래교실, MBC 경남(진주)

– 오두이 노래교실((부산, 김해)

– 오성대 노래교실(부산, 김해, 창원)

– 오수빈 노래교실(부산)

– 오수현 노래교실(서울)

– 우희 노래교실(부산)

– 윤나경 노래교실(김해, 부산)

– 윤현숙 노래교실(부산)

– 이경섭 노래교실(김해)

– 이남식 노래교실(울산, 부산)

– 이단양 노래교실(서울)

– 이동재 노래교실(양산, 창원)

- 이상웅 노래교실(천안)

- 이선미 노래교실(서울)

- 이영국 노래교실(창원, 마산)

- 이자영 노래교실(서울)

- 이철민 노래교실(부산)

- 이해숙 노래교실(청도)

- 이현주 노래교실(김해)

- 이호성 노래교실(서울, 부천, 인천)

- 임보라 노래교실(천안, 홍성, 아산)

- 장진 노래교실(부산, 기장, 양산)

- 전여진 노래교실(서울)

- 정명숙 노래교실(안양)

- 정미경 노래교실(시흥, 서울)

- 정사공 노래교실(경산, 대구)

- 정해원 노래교실(부산)

- 정희성 노래교실(울산)

- 조상영 노래교실(부산)

- 조성숙 노래교실(부산)

- 채리나 노래교실(안양)

- 천지호 노래교실(논산)

- 최영희 노래교실(양산, 부산)

- 최은숙 노래교실(부산)

- 최춘광 노래교실(부산)

- 추선희 노래교실(양산, 부산)

- 한석주 노래교실(서울, 경기)

- 한영애 노래교실(부산)

- 한주희 노래교실(밀양)

- 요양병원, 소외계층 및 노인 위문공연

전국 유튜브 방송에서 초청되어 다녔던 곳

* 가수로 초대하지 않았어도 제 노래를 부르고 있는 곳 등 합쳐 200여 곳이

네요. 아래 유튜브 채널 운영자님들께 감사를 드립니다.

- Pj투어 TV

- SD트로트가요 TV

- 가수 완박 TV

- 가수 해숙 TV

- 가요뮤직뱅크 TV

- 강가에 TV

- 강발그레 TV

- 강정숙 TV

- 강펀치 TV

- 강현숙 TV

- 강현순 TV

- 경나현 TV

- 경인방송 TV

- 고대령 TV

- 고화영가수 TV

- 공룡 TV

- 관악FM

- 광수 TV

- 권미경 TV

- 권성기 TV

- 권정기 TV

- 권태홍 TV

- 귀요미화임 TV

- 금랑 TV

- 김광수 TV

- 김나경 TV

- 김낙현연예인토크쇼 TV

- 김만복 TV

- 김미윤 TV

- 김민서 장구 TV

- 김선빈 TV

- 김성대 TV

- 김소연 가요 TV

- 김수련 TV

- 김수아 TV

- 김수아 TV

- 김은아 TV

- 김은주 TV

- 김이윤 TV

- 김재구 TV

- 김정현 TV

- 김정흠 TV

- 김중일 택씨 TV

- 김천 천년지기 TV

- 김천수 TV

- 김철한 가요 TV

- 김향아 TV

- 김현색소폰 TV

- 김현진 TV

- 김혜란 TV

- 김호식 TV

- 김화열 TV

- 꽃사랑감독 TV

- 나은가수 TV

- 나팔박 TV

- 나현재 TV

- 남미랑 TV

- 남인경 TV

- 노래샘 양샘 TV

- 노수현 TV

- 노아가수 TV

- 노오란장미 TV

- 노을 TV

- 노하영 TV

- 다정이스토리 TV

- 대한국 TV

- 동네방네 TV

- 동키호테 TV

- 라일락음악실 TV

- 류인숙 TV

- 마포FM

- 만송이 TV

- 맛깔나는 최여사 TV

- 무송가수 TV

- 문석기 TV

- 미사리가요무대 TV

- 박경훈 TV

- 박명원 TV

- 박선희 TV

- 박순정 TV

- 박은주 TV

- 박정숙 TV

- 박준대표 TV

- 박춘세 TV

- 박하 TV

- 방가 TV

- 방춘모 TV

- 배하나 인생꽃 TV

- 백일홍 품바 TV

- 복댕이 품바 TV

- 봉심이 TV

- 봉양방송 TV

- 부자가수 유진 TV

- 부천방송 TV

- 불등사랑 TV

- 빅맨 TV

- 빈나빈 TV

- 삼태기 품바 TV

- 상록 TV

- 새로나방송 TV

- 새로워 TV

- 생갈 송진영 TV

- 서금화 TV

- 선경 TV

- 선화 TV

- 섬진강 TV

- 성남FM

- 성자가수 TV

- 소리배우 틱톡실시간 TV

- 소아방송 TV

밀양머슴아 / 박태희

옹달샘TV
구독자 18.5만명

- 손영주 TV

- 수산나 TV

- 순둥이채널 TV

- 스산최창묵 TV

- 스카프 맨 TV

- 시끌벅적방송국 TV

- 시소뮤직 TV

- 신나 TV

- 신소문 TV

- 신송 TV

- 신하요 TV

- 심연녀 TV

- 아리랑 품바 TV

- 아프리카 TV

- 애란사랑 TV

- 엄지 TV

- 엄혜진 TV

- 여준 TV

- 영심이 품바 TV

- 예솔 TV

- 오세한 TV

- 오이예 TV

- 옥구슬송 TV

- 옥이 TV

- 옥희김 TV

- 옥희누나 TV

- 옹달샘 TV

- 와요와 TV

- 울진상화 TV

- 유강 TV

- 유니메드 TV

- 유란 TV

- 유사랑 TV

- 유퉁 TV

- 윤나경 TV

- 윤영신 TV

- 윤천금 TV

- 윤혜란 TV

- 윤희랑 TV

- 은빛예술 TV

- 은재 TV

- 이경은 TV

- 이단양 TV

- 이병오 TV

- 이쁜경숙 TV

- 이성재스타 TV

- 이수나 TV

- 이애경 TV

- 이애찬 TV

- 이영옥 TV

- 인순남 TV

- 임금님 채널 TV

- 임명희 TV

- 장기호 TV

- 조성자 TV

- 채리나 TV

- 초아 TV

- 한초성 TV

- 허슬러 TV

- 환이 TV

- 황윤정 TV

모델가수 박태희 자전 에세이

인생 이모작

발행일	2025년 9월 30일
지은이	박태희
펴낸이	안혜숙
디자인	임정호
펴낸곳	문학의식
등록	1992년 8월 8일
등록번호	785-03-01116
주소	인천광역시 강화군 강화읍 남문로 11 숭조회관 201호 서울 중구 수표로6길 25 501호(서울 사무소)
전화	032.933.3696
이메일	hwaseo582@hanmail.net

값 15,000 원
ISBN 979-11-90121-60-6